O Parque

Alfredo Caminada

O PARQUE

1ª Edição
POD

KBR
Petrópolis
2014

Edição de texto **Noga Sklar**
Editoração **KBR**
Capa **KBR s/ arquivo Google**
Foto do autor **Ana Hopkins**

ISBN **978-85-8180-280-0**

KBR Editora Digital Ltda.
www.kbrdigital.com.br
www.facebook.com/kbrdigital
atendimento@kbrdigital.com.br
55|24|2222.3491

FIC027000 - Romance

Alfredo Caminada vive em Petrópolis, RJ. Médico, acupunturista, entomologista e músico, multitalentoso e com vasta cultura, deixou-se cativar pelas letras na maturidade e passou a dedicar-se a elas em 2013. Alfredo é colunista da série Singles K, e *O Parque* é seu primeiro romance publicado.

Email do autor: alfredocaminada@gmail.com

Para Marcia, meu amor.

Sumário

PRÓLOGO

Escrevo esta história para falar da vida de Alberto Silveira. Não é uma biografia. Somente conto o que me pareceu ter sido importante para ele, um homem que construiu um império dentro do Direito: sua firma foi a mais destacada de sua cidade, quem sabe até de seu país. Foi um dos homens mais ricos e poderosos de sua época.

Pois este homem, morto há poucos anos, deixou muitos amigos, um rastro de bons sentimentos e muita arte musical. Mas deixou também segredos, que só agora são revelados. Mudou a história de seu país, e, por isso, foi obrigado a tomar atitudes contundentes, que nós, homens comuns, não teríamos a coragem ou o poder de levar a cabo.

Viveu numa outra época. Talvez agora, neste mundo tão mudado, as pessoas tenham dificuldade de entender alguns dos seus sentimentos, sua nobreza de caráter e sua paixão por uma mulher. De resto, foi uma pessoa como todos nós, com seus acertos, suas faltas e seus desejos.

Quanto a em que cidade e país viveu, deixo aos leitores a tarefa de imaginar. Foi um homem como poucos. Por isso, reconheço que poderia ter vivido em qualquer lugar civilizado.

Capítulo 1
Luiza

Por um momento, tudo veio à tona novamente. Essas lembranças voltavam insistentemente com a idade, mais vívidas agora, aos setenta anos. Sentia tudo como se tivesse acontecido ainda há um momento atrás, o burburinho, os cheiros, o vento batendo nele, o farfalhar das folhas, as emoções fazendo com que seu coração se acelerasse, o aperto na garganta, as lágrimas descendo incontroláveis, o sentimento da perda irremediável...

Não sabia como havia chegado até ali. Ficou dando voltas sem rumo pela cidade, como um louco. Quando se viu na esquina daquela rua sem saída, percebeu que havia um portão de ferro, no meio do muro branco onde o calçamento terminava. Havia crianças brincando do outro lado. Parou por um momento, admirado, ouvindo os gritos e risos da meninada. Estranho! Não se lembrava de já ter passado por ali.

A rua era toda ladeada por casarões antigos, todos muito bem cuidados, com seus muros brancos cobertos de hera. Havia um silêncio que denotava o tipo de etiqueta das pessoas que habitavam aquelas mansões. O contraste entre o que acontecia por trás do muro e a calmaria da rua fez com que tomasse o rumo daquele portão, que parecia ser muito velho — de séculos, talvez —, todo de ferro batido com rebites trabalhados, como no passado.

Notou que estava entreaberto e o empurrou para ver melhor. Era um parque. Havia várias entradas, contou pelo menos seis, cada uma com um portão diferente, mas todos trabalhados da mesma maneira. Na parte central um pequeno lago, alimentado por um riacho que parecia surgir do nada no meio da vegetação abundante, várias alamedas floridas entre os gramados impecáveis. Em um ponto, uma quadra de areia com vários brinquedos infantis.

Tomou um dos caminhos e andou até um lugar de onde podia ver todo o movimento, ainda que distante o suficiente para ter um pouco de privacidade. Sentou-se em um dos muitos bancos espalhados, bastante cansado devido à longa caminhada, mas também, e principalmente, por tudo o que tinha se passado. Achou o banco extremamente confortável, não era como esses bancos normais de jardim. As réguas de madeira que se fixavam nos suportes de ferro eram mais largas, e o encosto não fazia aquela curva antianatômica que normalmente nos impede de ficar sentados por longo tempo. Naquele dia, ainda não fazia ideia de quantas vezes durante a vida voltaria àquele parque, sentando-se sempre no mesmo lugar.

De onde estava, podia enxergar longe, por cima dos arvoredos, até o limite do horizonte. Era tudo tão lindo! Mas sua alma estava triste, tão triste que não conseguia conter as emoções e as lágrimas. O que havia lhe acontecido era tão grave que ele estava confuso, sem um rumo certo a tomar.

Ainda se lembrava bem de como tudo havia começado. Conhecera Luiza no colegial, estavam na mesma turma do preparatório para o curso de Direito. No primeiro dia, sentara-se, como de hábito, na fileira de carteiras encostada nas janelas. Sempre gostara de olhar para fora durante as aulas, dava-lhe uma sensação de liberdade. Os lugares fechados sempre o oprimiam, e algumas aulas enfadonhas acentuavam essa sensação.

Na segunda fileira à sua direita, dois lugares à frente, sentou-se uma menina que o impressionou de pronto por seus cabelos negros, lisos e muito brilhantes: Luiza. Ao seu lado sentou-se outra de cabelos louros, e as duas começaram a conversar animadamente, como duas velhas amigas. A aula era de Filosofia, assunto que ele adorava, mas teve muita dificuldade para prestar atenção ao que o professor, seu velho conhecido, dizia com a eloquência costumeira. Ambos gostavam muito de Platão, tema de introdução dessa primeira aula, mas nem o banquete, a erótica e o mito da caverna foram bastantes para tirá-lo da embriaguez que aqueles cabelos negros provocavam. Pensou que aquela beleza deveria realmente ter sido trazida diretamente do Hiperurânio.

Na segunda aula, foi despertado do enlevo em que se encontrava ao ouvir seu nome repetido em altos brados pela professora de Português: "Alberto Silveira!" Respondeu "Presente!", um pouco envergonhado. Notou que Luiza o olhara com um sorriso. Outros deveriam ter rido de sua distração, mas ele só tinha olhos para aquele sorriso lindo. A chamada continuou, e pôde descobrir o nome das duas: Luiza Almeida da Silva e Fabiana Fontes, a amiga. Anotou os nomes rapidamente para não esquecê-los.

Durante o recreio, não conseguiu tirar os olhos dela, que olhou para ele por duas vezes, rapidamente. Na segunda deu um sorriso. Seus olhos eram também negros, com um brilho de tirar o fôlego. Naquele dia, voltou para casa com um único pensamento: precisava arrumar uma maneira de conversar com ela. Imaginou inúmeras situações para abordá-la, mas nenhuma o satisfez, todas pareciam ridículas. Não conseguia saber o que estava acontecendo: ele, que sempre fora tão destemido, mais parecia um menino tímido. Nessa época já havia namorado várias meninas, tinha experiência com mulheres. Não poderia jamais ser chamado de inocente ou puro.

No dia seguinte levantou-se animado, imaginando que alguma oportunidade iria surgir e poderia se aproximar. Novamente ela chegou com a amiga, e as duas ficaram conversando. Alberto arrumou uma desculpa boba, jogou algo no lixo para poder passar por elas e dizer um olá, como se falava na época. Luiza retribuiu o cumprimento, mas Fabiana fez cara de desagrado. Notou que as duas logo discutiram sobre alguma coisa, provavelmente sobre a atitude dele, e Luiza ficou aborrecida. Algum tempo depois, ela se virou e olhou para ele rapidamente, mas não sorriu.

Ficou realmente preocupado com a situação. No recreio, a preocupação aumentou, porque ela não olhou para ele nem uma vez, e Fabiana parecia fazer de tudo para evitar que isso acontecesse. Alguns colegas mais chegados notaram sua expressão fechada, perguntaram se ele se sentia mal. Estranharam o fato de ele estar sério, uma vez que sempre estava sorridente. Deu uma desculpa de que não estava muito bem de saúde, precisava ouvir umas piadas que o animassem. Assim todos se distraíram, e ele pôde esquecer o motivo do seu aborrecimento.

***

— Seu Alberto! Está na hora da sua injeção — falou com voz potente dona Ângela, sua enfermeira.

Virou-se resignado, abaixou um pouco a calça do pijama. Ela cuidava dele com paciência e carinho, mas estava sempre interferindo em seus pensamentos. Ultimamente ele estava cada vez mais ensimesmado, fora do mundo real. A impotência física que a doença lhe impusera fez com que se afastasse cada vez mais das coisas mundanas. De que adiantava lutar, se o ir e vir eram tão penosos? Melhor ficar quieto no seu canto. A introspecção era agora a sua melhor companheira. À noite tinha mais sossego, porque havia troca de enfermeiras e dona Maria, a noturna, era calada, gostava de tirar uns cochilos, uma transgressão sempre muito bem-vinda. Como não conseguia dormir a noite inteira devido às sonecas diurnas, durante a noite Alberto voava nas suas memórias com prazer. Já bocejando, lembrou que Tonico vinha lhe fazer uma visita no dia seguinte.

***

Luiza ficara com os pensamentos confusos desde que vira Alberto pela primeira vez. Ele, sem dúvida, era muito atraente, alto, seguramente com bem mais do que um metro e oitenta, corpo bem proporcionado, pele clara, com musculatura boa, mas sem exageros. Seus cabelos eram lisos, mas encorpados, de uma tonalidade cor de mel, e os olhos de um azul profundo, bastante expressivos e penetrantes. Na verdade, seu olhar sempre deixava as mulheres um pouco desconfortáveis, no bom sentido. O sorriso era muito espontâneo, e deixava à mostra uma dentadura de provocar inveja nos outros rapazes. Suas feições eram másculas, sem aquela delicadeza de certos jovens bonitinhos, mas de feições muito femininas. Pelo que Fabiana repetia com insistência quase mórbida, não tinha sua fama muito boa junto às mulheres. Embora ela não pudesse relatar qualquer caso realmente verdadeiro, permanecia dizendo que era isso que as pessoas falavam, daí a discussão que Alberto presenciara.

Em um curto espaço de tempo, Luzia começou a perceber que todos os colegas gostavam muito dele, e os professores sempre o elogiavam. Tinha sempre sido o melhor aluno, suas maneiras eram muito gentis e cordiais. Como não se sentir atraída? No entanto, ouvia muito a Fabiana. Tinham sido criadas praticamente juntas, estudado nos mesmos colégios. Seus laços de amizade eram muito fortes.

Não podia contar com ajuda familiar. Seu pai, homem bem mais velho que sua mãe, só pensava nos negócios, e mantinha uma distância preconceituosa da filha. Era um homem grosseiro, às vezes violento. Já havia agredido sua mulher mais de uma vez. A mãe era uma pessoa extremamente dominadora com os filhos, ressentida pelos problemas de relacionamento com o marido; não era confiável, uma vez que jamais se oporia à vontade dele. O irmão, muito mais velho que ela, morava em outra cidade. Só tinha primos distantes e que não moravam perto. Assim, só podia fazer confidências à sua amiga. Jamais se atreveria a um confronto direto com ela.

Eram o oposto uma da outra. Luiza era alta, esguia, com a pele muito clara, um corpo quase perfeito, seios nem pequenos nem grandes, pernas muito bonitas, um andar de princesa. Comportava-se sempre com muita delicadeza, raramente perdia a calma. Era muito inteligente e perspicaz, tinha um espírito forte, mas era romântica. Já Fabiana era do tipo *mignon*, com um corpo bonitinho e feições delicadas. Era muito prática, mal fazia ideia do que significava ser romântica. Era muito ciumenta, tinha um gênio terrível, fazia inimigos com facilidade. As coisas só não ficavam piores porque Luiza, com seu temperamento apaziguador, amenizava as situações. Dizia sempre: "Fafá, deixe isso pra lá. O que você vai lucrar com isso?" Fabiana respondia: "Lu, só me acalmo por sua causa!"

Tranquila, Luiza achava que se alguma coisa era para acontecer, o destino se encarregaria. Deu tempo ao tempo e esperou o desenrolar dos fatos.

***

No dia seguinte, como prometido, Tonico apareceu, na verdade Dr. Antonio de Castro, médico-cirurgião afamado e seu melhor amigo. Ficara perdida na noite dos tempos a memória do dia em que se conheceram, ainda crianças muito pequenas. Companheiros da vida toda, no bom e no ruim, tinham a mesma idade, nascidos com dois meses de diferença. Tonico era mais velho, e, como era muito brincalhão, sempre fazia valer sua maturidade sobre a do amigo. Estava muito conservado. Tinha sido um rapaz bonito, mas não tão alto quanto Alberto. Ao contrário deste, era moreno, tinha o cabelo negro muito liso e os olhos verdes. Era muito falante e engraçado, as mulheres não conseguiam resistir ao seu charme. Gostava de pregar peças nos outros e sempre envolvia o amigo em suas peripécias.

Alberto soube logo de sua chegada, ao ouvir os risos da criadagem. O amigo chegou alegre, e lhe disse:

— Então, Tinho, como estão as coisas por aí na sua cama? — os amigos de juventude sempre chamavam Alberto de Tinho, apelido derivado de Albertinho.

Alberto fez um muxoxo, seguido de um sorriso amarelo. Tonico nem ligou para a demonstração. Como coordenava o tratamento de Alberto, foi olhar os prontuários, e depois examinou o paciente. Satisfeito com o que encontrou, sentou-se na cama ao lado do amigo e entabulou um início de conversa, lembrando fatos passados. Alberto relaxou, riu muito ao se lembrar das galhofas do amigo.

Conversaram por longo tempo e depois almoçaram juntos.

Tonico saiu logo após o almoço, alegando compromissos. Na verdade, notara que seu amigo estava cansado e sonolento, resolveu deixá-lo descansar. Alberto iniciou um cochilo mas foi despertado por uma lembrança.

Estava de novo na sala de aula e notou que Luiza o olhava. Dessa vez não desviou seu olhar daqueles olhos negros lindos. Sorriu, com o coração batendo forte, e ela correspondeu. Que sorriso lindo ela tinha! Escreveu rapidamente um bilhete, sem pensar muito:

Luiza,
Preciso te ver e conversar. Veja se você consegue uma maneira de ficarmos a sós. Não consigo te tirar da cabeça. Por favor, não me deixe mais tempo nessa espera, precisamos estar juntos.

Tinho

Mostrou o papel para ela e encontrou uma maneira de lhe dar o bilhete no intervalo da aula, quando Fabiana estava distraída. Voltou para o seu lugar com as mãos tremendo e suadas. O que estava acontecendo com ele? Nunca havia ficado tão nervoso assim por causa de uma garota.

Esperou ansiosamente por uma resposta durante as aulas seguintes, mas nada aconteceu. Ao sair, olhou para ela indeciso. Ela sorriu, balançou a cabeça, dizendo sim. Ele fez o caminho de volta para casa como um bêbado, o coração aos pulos, uma alegria indescritível. Quase foi atropelado por um carro que passava. O céu lhe pareceu mais azul, as árvores mais belas, começou a enxergar alegria no rosto de todas as pessoas que passavam, e ouviu música tão forte em sua cabeça que parecia vir de uma orquestra a acompanhá-lo. Ao chegar em casa, estava tão agitado que teve que se sentar ao piano e tocar as peças que mais lhe agradavam, para tentar se acalmar um pouco.

Sua mãe ouviu calada até que terminasse de tocar. Aproximou-se, acariciou-lhe os ombros, e disse:

— Pensei que você tivesse desistido do piano após tantos anos de estudo, já que não toca há algum tempo... O que o fez tocar assim, dessa maneira tão linda?

Ele a olhou, sem conseguir esconder o sorriso que tinha se fixado em seu rosto, e respondeu:

— Mãe, hoje me aconteceu aquilo que sempre esperei, mas não posso dizer nada ainda. Quando tiver certeza, eu conto — e levantou-se, a abraçou e lhe deu um beijo.

Depois foi para o seu quarto. No caminho, se lembrou que havia assinado o bilhete como Tinho, e pensou: *Que mancada! Ela vai pensar que estou maluco!*

Teresa e Carlos, seus pais, haviam se casado por amor e mantinham uma relação de dar inveja. Carlos, que era de origem alemã por parte de mãe, Eberhardt, e de origem portuguesa por parte de pai, Silveira, era um homem de negócios muito bem-sucedido. Filho de um industrial, vendera muito bem as fábricas que herdara e vivia da administração de seus bens. Não precisava se preocupar com os filhos, que haviam herdado da avó materna uma fortuna imensa. Era alegre, jovial e muito compreensivo. Teresa administrava a casa com muito cuidado, e era muito carinhosa com seus dois filhos, Alberto e Patrícia, aos quais o casal havia proporcionado uma educação esmerada e que não davam qualquer trabalho.

No dia seguinte, Alberto, ansioso, esperava por uma resposta de Luiza. Fabiana parecia ter adivinhado alguma coisa e estava de marcação cerrada. Luiza nem se virou para olhá-lo. No recreio, entretanto, lhe fez um sinal com os olhos para que ele se dirigisse em direção aos banheiros, que ficavam por trás de uma parede, onde Fabiana não poderia vê-los. Ele correu apressado e ficou esperando. Ela chegou rapidamente e lhe entregou um bilhete. Ele segurou sua mão e a beijou. Ela ficou um pouco ofegante, corada. Sorriu para ele e se retirou rapidamente. Mais do que depressa, ele escondeu o precioso papel e se dirigiu para o pátio, tentando aparentar calma. Conversou um pouco com os amigos como se nada tivesse acontecido. Era preciso evitar, a todo custo, que Fabiana percebesse alguma coisa. Ele tinha a estranha sensação de que ela poderia ser bastante nociva para o seu relacionamento com Luiza.

***

— Seu Alberto!

Lá vinha de novo a dona Ângela com suas tarefas.

— Está na hora de tomar os seus remedinhos — disse ela, com sua potência habitual.

Ele pensou: *Ela chama de remedinhos esse monte de pílulas? Isso vai me provocar uma convulsão no estômago, como sempre. Vou ficar enjoado por horas!* Fingiu que estava dormindo, mas não adiantou. Ela o sacudiu pelo braço e ele não teve alternativa a não ser abrir os olhos e tomar resignadamente a medicação.

— Não dorme, não, seu Alberto, seu contador está aí conforme o senhor pediu.

Alberto deu um suspiro e pediu a ela que introduzisse no quarto o Armando, seu gerente contábil. Sentou-se na cama, convidou o velho amigo para se sentar à sua frente e começou a reunião. Havia muito o que resolver, e seu tempo se encurtava rapidamente. Nos últimos dias, sua saúde sofrera uma piora, e ele temia que a morte chegasse mais cedo do que o esperado.

Armando tinha sido seu contador por toda a história de sua firma de advocacia. Agora eram tão chegados, que ele era mais um confidente do que seu associado. Podia contar-lhe as coisas mais íntimas sem receio, e preferia contar a ele do que ao Tonico. Não queria que seu melhor amigo sofresse com suas tristezas. Tinha guardado dentro de si, a sete chaves, toda a amargura que carregara durante a vida.

Somente quando foi necessário confiara a Tonico as coisas que lhe haviam acontecido, e depois não tocou mais no assunto. Tanta tristeza... era melhor que fosse de conhecimento de uma pessoa que não compartilhava de sua intimidade. Tinha certeza de que Armando desempenharia sua função com lisura e eficiência.

Após falarem de negócios, Alberto perguntou se Armando

registrara e guardara em local seguro as partituras com suas últimas composições. Ao receber a resposta afirmativa, disse ao amigo que estava na hora de entregá-las a Luiz, para que este pudesse estudá-las. Pediu-lhe que viajasse ao encontro dele e lhe dissesse que entrasse em contato, caso houvesse alguma dúvida na execução das peças, e mantivesse esse assunto em sigilo absoluto. Assim, Alberto poderia ter o prazer de conversar com Luiz e lhe explicar por alto o que o motivara a criá-las. Ao final, perguntou se as duas cartas estavam seguras e lembrou-o da responsabilidade de entregá-las aos destinatários quando fosse a hora certa.

Os dois, então, se despediram com um abraço afetuoso. Alberto colocou no seu aparelho de som as "Variações Enigma", de Elgar, uma de suas peças favoritas, e lembrou-se da época em que ele mesmo regera a peça.

O pensamento continuou voando pelos lugares do passado.

***

Luiza voltou correndo para o pátio com o coração aos pulos, após o rápido encontro com Alberto. Estava ainda afogueada quando chegou perto das outras meninas e de Fabiana, que lhe perguntou se algo estava errado. Luiza respondeu que não se sentia muito bem e lhe segredou que estava incomodada. As outras garotas perguntaram escandalosamente:

— Que segredos são esses?

— Ah! Coisas muito secretas — respondeu Luiza, rindo.

As outras riram também e mudaram de assunto, mas Fabiana ficou desconfiada. Luiza não conseguiu mais prestar atenção à conversa, só tinha pensamentos para Alberto, ou melhor, Tinho! Reconheceu que tomara a decisão certa. Seu coração havia escolhido esse caminho e ela não iria mais recuar. Estava apaixonada, e iria seguir em frente, desse no que desse. O bilhete de Alberto reforçara os seus sentimentos, e ela estava curiosa, ávida por conhecê-lo melhor. Ainda sentia na pele a ternura do beijo tão singelo que Tinho lhe havia dado. Preparou-se mentalmente para manter em segredo esse relacionamento que apenas se iniciava, uma vez que temia o ciúme de Fabiana e a reação de seus pais.

***

Naquele tempo, as coisas não eram tão simples como agora. A sociedade impunha um cerceamento cruel aos amantes. A vontade dos pais era poderosa, e desafiar suas decisões poderia significar uma vida de miséria e desespero. Era muito difícil para uma mulher sozinha enfrentar o mundo sem o apoio da família, mais ainda para uma moça da alta sociedade. Somente aquelas que possuíam fortuna pessoal podiam se dar ao luxo de satisfazer seus caprichos, sem dar satisfações aos outros.

Se uma mulher de família se "perdesse" num relacionamento, isto é, se perdesse a virgindade ou até engravidasse, e seu companheiro não assumisse a responsabilidade, só teria duas saídas: ou se casava por conveniência com um outro homem, geralmente mais velho, que a aceitasse como esposa, ou seria condenada a uma vida à margem do seu meio social.

O mundo mudou muito de lá para cá. Muito sofrimento teria sido evitado se as coisas fossem diferentes. Mas não eram, e por isso muita gente sofreu, um trauma que se estendeu por gerações, porque um erro cometido em determinada época pode afetar todas as gerações seguintes. Quantas mulheres abortaram para se esconderem da sociedade, e quanto sofrimento e culpa isso provocou! Quantos casamentos sem amor, um martírio perpétuo que a sociedade acobertou, agravado pelo silêncio imposto pela mentira! Quanta desilusão para as crianças criadas nesses lares de engodo, quantos adultos mentalmente distorcidos esse tipo de comportamento produziu... Impossível prever as consequências de tais atitudes mesquinhas.

Alberto acordou agitado, por volta das três da madrugada. As resoluções tomadas com seu contador no dia anterior fizeram com que se sentisse ainda mais próximo do final, já que sua doença era incurável. Sua mente girou por épocas e lugares. Estivera em tantos! Por fim se fixou novamente naquele dia em que Luiza lhe entregara o bilhete.

***

Voltou para casa quase correndo. Mantinha a mão no bolso da calça, protegendo o papel tão precioso que Luiza lhe entregara. Entrou em casa às pressas, mal falou com sua mãe, e se trancou no quarto. Abriu o bilhete com muita insegurança, com medo de que não fosse o que esperava, e leu:

Alberto, ou devo chamá-lo de Tinho?

Também sinto o mesmo por você. Eu gostaria que as coisas fossem diferentes e pudéssemos estar juntos sem temores. Meus pais são extremamente rígidos, e nem posso imaginar o que pode acontecer se eles souberem disso. A Fabiana também não pode saber. Telefone para mim dizendo que é um colega do grupo de trabalho de Filosofia do Direito. Assim, minha mãe não vai desconfiar de nada. O melhor dia para você me ligar é amanhã à tarde, porque minha mãe joga bridge com as amigas lá no Tênis Clube, e, portanto, uma das empregadas atenderá o telefone. Elas nem se lembrarão de contar isso para ela.
Eu gostaria muito que hoje já fosse amanhã.
Te espero,

Lu
PS: O meu telefone é 2484.

Alberto releu o bilhete repetidamente, sentindo uma alegria de quase explodir o peito, um sentimento completamente diferente do que experimentara por outras mulheres. Sabia que era amor de verdade. E ela sentia o mesmo por ele! O que poderia ser melhor na vida? Nada! Nada se comparava ao que sentia agora. Ela era linda, e era sua!

Ficou por um longo tempo deitado em sua cama, olhando para o teto, sem prestar atenção em coisa alguma. Imaginou uma vida inteira de felicidade com a mulher que amava. Ficariam sempre juntinhos, se amando. Viajariam pelo mundo e depois teriam uma casa cheia de crianças. Na velhice, um confortaria o outro.

Nesse dia, não conseguiu fazer nada de útil. Há muito tempo não se sentia tão feliz. No dia seguinte, correu para chegar cedo à sala de aula e esperar pela Lu. Quando ela entrou, não tirou os olhos dele, e ele olhou para ela com todo o amor que havia dentro do seu peito. Notou que os olhos dela se encheram de lágrimas e que ela teve que se controlar para que as outras pessoas não percebessem. Estava muito emocionada. Ele sentiu um nó na garganta, teve vontade de gritar que a amava. Com a entrada dos outros alunos, os dois se acalmaram, e ninguém pareceu perceber qualquer coisa.

A manhã custou a passar. Quando o último sino tocou e todos se levantaram, ele notou que Fabiana saiu na frente. Conseguiu se aproximar da Lu e pegou na mão dela, sem que os outros vissem. Ela sorriu e lhe fez um carinho.

À tarde, finalmente ligou para ela, como haviam combinado. Uma das empregadas atendeu o telefone e logo Luiza veio. Disse que poderiam conversar à vontade, porque estava atendendo do seu quarto. Ele então falou:

— Nem sei como lhe dizer o que sinto por você. Só sei que não penso em outra coisa que não seja em ficarmos juntos. Fiquei tão contente com o seu bilhete! Só tenho você em minha cabeça. Me diga, por favor, se o seu sentimento é igual ao meu.

— Você não imagina como esperei que isso acontecesse. Já não sabia mais como fazer para você me procurar. Estou sentindo uma coisa muito forte, e, quando senti sua mão hoje, nem sei como consegui me controlar. Sinto uma felicidade muito grande quando penso em você — ela respondeu.

— Sei que temos que tomar cuidado, mas preciso estar com você. Onde podemos nos ver? Sei que você frequenta o Tênis Clube. Pode ser lá?

Ela respondeu que sim, e combinaram um encontro para

o sábado de manhã em um lugar retirado, onde as pessoas não pudessem perceber. Conversaram durante um longo tempo, como se fossem conhecidos de longa data. Ele deu o número do seu telefone e pediu que ela ligasse quando quisesse, porque, para ele, não havia restrições. Só lembrou-lhe de dar um outro nome ao ligar, e combinaram que o nome fictício dela seria Alice. Pediu que ela sempre o chamasse de Tinho. Ao se despedir, disse que achava que ela era muito linda e que gostava muito dela. Ela respondeu que também gostava muito dele, e cada um mandou um beijo para o outro.

***

A doença de Alberto era um mieloma múltiplo, uma forma relativamente rara de câncer que se espalhava pelos ossos e que ele já carregava há longos anos, entre períodos de agravamento e remissão quase total. Havia suportado com galhardia todos os tratamentos que lhe haviam imposto, alguns muito sofridos, mas que haviam proporcionado uma sobrevida razoável. Com o tempo, os efeitos da doença foram produzindo limitações físicas importantes, agravadas pela idade. Andava com dificuldade, o que, para um homem que havia sido tão atlético e dinâmico, era um grande estorvo. Já não podia ir com frequência ao parque dos seis portões, porque necessitava da ajuda de terceiros.

Sentia falta daquele lugar que lhe era tão querido. Lá, havia curtido o maior sofrimento de sua vida, e lá havia conhecido e se tornado amigo da menina Alice. Naquele banco de jardim, chorou, sorriu e reuniu forças para enfrentar a vida que o esperava depois de tudo aquilo que lhe aconteceu.

Alberto tinha viajado por todos os lugares possíveis, muitas vezes a trabalho e mais vezes ainda para fugir das recordações que lhe corroíam a alma, mas sempre voltava para lá, seu lugar preferido no mundo. Nunca encontrara lá uma pessoa que não gostasse dele. As crianças o amavam.

O sofrimento de sua alma não o impedira de se manter

bondoso e cordial: estava em seu espírito ser gentil. Não conseguiu, entretanto, deixar de guardar rancor pelas pessoas que tanto mal lhe fizeram, um mal tão grande, que dividiu sua alma em duas: uma delas permaneceu no passado, justamente até aquele dia dramático, quando, alucinado, tomou conhecimento da existência do parque; a outra o empurrou para a frente, seguiu com a vida, tomando as atitudes necessárias para viver o mais próximo possível da realidade.

Fora um homem tão discreto e generoso que as pessoas nunca chegaram a perceber o grande sofrimento que carregava. Não se permitiu nem mesmo levar seus filhos para conhecerem o local, que era só seu. Ali fez seus planos, sonhou seus sonhos e chorou suas mágoas. Ali foi o verdadeiro Tinho. Depois daquele primeiro dia tão triste, nunca mais se sentiu confortável quando o chamavam pelo apelido. Aos poucos, as pessoas perceberam que ele já não gostava de ser chamado assim. Somente Tonico e outras três pessoas conservaram o hábito. Eles podiam, eram suas almas gêmeas.

Alberto nunca soube que Tonico sabia de tudo. Além do que ele próprio havia contado, sabia do parque e da história de Bernadete e de Alice, entre outras coisas. Chorou, também calado, com o sofrimento do parceiro, mas nunca deixou que Alberto percebesse que se condoía de sua sorte. Acompanhou o amigo querido, com zelo, até o final.

***

O sábado amanheceu ensolarado e com uma brisa fresca. Tinho pulou da cama mais cedo do que costumava nos finais de semana. Tomou um longo banho, com todos os cuidados necessários para se apresentar adequadamente. Estava muito ansioso pelo encontro, mas não estava mais nervoso. Sabia que Luiza gostava dele, e isso era mais do que bastante para que previsse um dia sensacional. Tomou um pouco de café, comeu uma fruta e subiu para se vestir. Tinha o hábito de ir ao clube para jogar tênis, esporte que dominava muito bem. Os outros rapazes sofriam tentando vencê--lo. Normalmente ia com Tonico, que também era bom jogador, mas hoje era uma dia especial, e ele e Lu tinham combinado por enquanto manter tudo em segredo.

Ao chegar, encontrou Claudio, conhecido de infância, tinham estudado juntos no primário. Lembraram os velhos tempos de traquinices. Claudio lhe disse que estava trabalhando como contador no escritório do Dr. Rodrigues para ganhar uns trocados, e que pretendia estudar Engenharia. Estava à espera de Fabiana, muito amiga de Luiza, que era filha do seu patrão. Se conheciam há muito tempo.

Tinho gelou. Ficou sem saber exatamente se Claudio era amigo apenas de Fabiana, ou também de Luiza. Teve uma sensação estranha, como se algo ruim estivesse para acontecer. Foram interrompidos por outro colega que chegou esbaforido, dizendo-se pronto para a natação com Claudio. Os dois partiram e deixaram Tinho um pouco nervoso com seus pensamentos. Saiu depressa, para não ter que se encontrar com Fabiana.

Na hora combinada, se dirigiu ao lugar que haviam escolhido, e lá estava Lu, mais linda ainda! Correu para ela e se abraçaram longamente, sem dizer palavra. Ficaram assim abraçadinhos por muitos minutos, com seus corações batendo forte. Depois se entreolharam e se beijaram, um primeiro beijo que durou uma eternidade. Tinho sentiu a língua e o sabor gostoso da boca de Lu e isso fez com que perdesse a noção das coisas. Nunca havia perdido o controle dessa maneira.

Alberto beijou-a muito, na boca, no rosto, no pescoço, até que ela, entre gemidos, lhe disse para tomar cuidado, porque alguém poderia passar por ali. Teve que respirar fundo para se controlar. Estava muito excitado, e a desejava mais que tudo no mundo. Ela acariciou seu rosto, disse que o amava, e que o sentimento era muito forte. Ele respondeu que nunca tinha se sentido assim, tão apaixonado. A alegria que sentiam não tinha medida. Ficaram juntinhos, de mãos dadas, como tantas outras vezes depois, e deixaram que o coração falasse.

Após algum tempo, Lu disse que tinha que ir para a piscina, porque todo sábado vinha nadar e Fabiana estaria esperando por ela. Teriam que tomar muito cuidado com a amiga, que era muito ciumenta e não gostava de Alberto. Tinha medo dela, de suas reações. Achava que Fabiana já tinha percebido algo, e não queria lhe dar a chance de se intrometer no relacionamento deles.

Tinho, então, aproveitou para perguntar se nadavam com mais alguém. Claudio o deixara preocupado. Ela disse que nadavam sozinhas, mas, às vezes, o Claudio, que trabalhava com seu pai e era muito amigo de Fabiana, ficava por lá cercando as duas. Não gostava dele, até sentia um pouco de repulsa, mas não podia fazer nada, para não criar caso com seu pai, que parecia gostar do rapaz. Tinho beijou-a de novo, aliviado, e disse que havia outros lugares para se encontrarem. Pediu que no dia seguinte ela fosse até seu lugar favorito, na beira do rio, perto do ancoradouro próximo à casa dela. Havia ali um grande salgueiro chorão. Marcaram encontro no banco perto da árvore, às dez da manhã. Ninguém os incomodaria. Lu prometeu que estaria lá, na hora combinada. Despediram-se com um longo beijo.

**

Patrícia, irmã de Alberto, chegou com os bisnetos logo após o almoço, para visitá-lo. Ele sorriu, mas reclamou, gostaria que ela tivesse vindo para almoçarem juntos.

— Pati, estou cansado de comer sozinho. As meninas só voltam na próxima semana — assim chamava a mulher e a filha.

— Você sabe como eu gosto da sua companhia, das nossas conversas. Você é minha irmã querida.

— Tive que vir com as crianças porque sua sobrinha-neta saiu e as deixou comigo. Você sabe como é a Claudia, sempre com seus compromissos sociais. Já vi gente que gosta de sair, mas igual a ela, nunca! — ela respondeu.

Ele gostava muito dos sobrinhos, e particularmente de Claudia, que era muito alegre e falante, parecida com ele. Só não gostava do nome, porque lhe lembrava uma pessoa que o magoara tanto. Por isso, só a chamava pelo apelido, Cacau.

—Pode trazer seus bisnetos à vontade. Eles alegram a casa, me dão muito prazer. Não é segredo para ninguém que sou louco por crianças. E pode falar também para a Cacau que sinto saudades dela.

As crianças chegaram no quarto, pularam na cama e o encheram de beijos. Ele disse as bobagens costumeiras. Criança adora bobagem, quanto mais vindas de um adulto. Riram e brincaram por muito tempo, até Alberto ficar cansado. Deu, então, as balas habituais, que elas esperavam com ansiedade, e um tapinha gentil no traseiro de cada uma. Era o sinal, já conhecido, de que estava na hora de irem brincar pela casa. Os empregados tomariam conta delas, como sempre.

Pati sentou-se na cama ao seu lado. Fez-lhe uma festinha gostosa nas costas e perguntou:

— Como estão as coisas, meu irmão querido?

Ele respondeu que iam bem, dentro do que a saúde permitia. Ela olhou para ele muito séria e disse:

— Não consigo entendê-lo. Você é a pessoa mais alegre e gentil que conheço, mas sinto que há uma tristeza bem escondida dentro do seu peito, como uma culpa. Não havia reparado nisso antes, mas agora, que o vejo assim deitado e tão quietinho na cama, não posso deixar de sentir que você esconde alguma coisa muito séria de todos nós. Que mal é esse, assim tão grave, que uma pessoa tão boa como você pode ter causado? E isso não é novo. Agora, juntando os fatos, penso que algo de muito ruim aconteceu no passado, deve ter sido na época em que não quis mais que o chamássemos pelo apelido. Se você não quiser, não precisa me contar. Mas quero que saiba que o amo muito, gostaria de poder aliviar seu sofrimento.

Pati sempre fora muito perspicaz, e se preocupava bastante com o irmão. Ele deu um sorriso triste e disse:

— Não sou tão bom como você pensa. A vida, às vezes, faz com que tomemos atitudes cruéis. Tentei ao máximo ser justo, mas não tenho sangue de barata, e falhei em algumas situações, inclusive na esfera política e social. Cometi um erro muito grave e estúpido no passado. A vida passou, e não pude fazer nada para consertá-lo. Isso me causou muito sofrimento, e tenho que carregá-lo comigo até o fim. A revelação do que aconteceu afetaria muito as pessoas que amo. Nessa altura da vida, não quero que mais ninguém sofra por minha causa. Restou a mágoa por minha incapacidade de enxergar com clareza, naquela época, os fatos que se desenrolavam diante de mim. Fui passional, impaciente, tolo. Os homens frequentemente agem assim. Mas não quero me desculpar. Prometi que nunca mais agiria dessa maneira, e acho que fui um bom marido e um bom pai. Com isso, penso que pude aliviar um pouco a minha culpa. Mas não desejo que tudo se perca para sempre no passado. Tenho obrigações para com algumas pessoas, e quero que tudo se acerte. Não quero que ninguém fique desamparado. Quando eu e minha mulher estivermos mortos, tudo isso perderá o peso, a importância. Então, tudo será revelado. Já deixei instruções para isso. A parte legal e monetária será feita logo após a minha morte. Peço que você não comente nada, com ninguém. Fica sendo mais um segredo entre nós, já tivemos tantos quando éramos jovens.

Pati se contentou com a explicação. Lembrou que Alberto lhe havia pedido ajuda e haviam sido parceiros no passado, mas não sabia dos detalhes de suas ações. Deixou para pensar no assunto quando estivesse na tranquilidade de sua casa. Falou-lhe, então, de sua recente viagem ao estrangeiro, quando percorreu os mesmos países de sua lua de mel. Contou-lhe da emoção de rever certos lugares, onde até então não havia voltado.

Alberto lembrou-se de sua própria lua de mel, e de como fora feliz naqueles dias. Tudo agora parecia tão distante... A doença havia separado sua vida de casado em duas partes: a primeira, cheia de dinamismo e alegria, e a segunda repleta de preocupações, incertezas e sofrimento. Já não podia viajar com sua companheira fazia tempo. As longas horas no avião eram uma tortura para ele, e as caminhadas pelos países tinham se tornado quase impossíveis. Preferia ficar em casa e deixar que os outros aproveitassem as férias.

No início, sentiu um pouco de solidão, mas, com o tempo,

passou a gostar de ficar um pouco sozinho. Nunca ficava verdadeiramente só, porque havia toda a criadagem, as enfermeiras, os amigos, os filhos e parentes que o visitavam. Necessitava também de tempo para gerenciar seus negócios, que dividia com seu filho mais velho, Fernando, advogado como ele, e para trabalhar em suas composições musicais. Era um músico de qualidade, e sempre estava envolvido com produções musicais para o cinema e o teatro. Compunha música erudita também. Seu filho Luiz Alberto era um grande maestro e pianista, intérprete das composições do pai. Com a idade, Alberto encontrara mais tempo para sua atividade artística. Tinha ainda duas filhas, Ana Cristina, médica, e Olívia, artista plástica e companheira de sua mulher nas viagens.

As crianças apareceram pedindo que a bisavó as levasse para passear no parque perto do rio. Pati olhou desanimada para Alberto. Gostaria de ficar mais um pouco, mas o dever a chamava. Tinha prometido que as levaria para andarem nos brinquedos e tinha que ir rapidamente, porque a noção de tempo das crianças é diferente da nossa. Quando querem alguma coisa, tem que ser imediatamente, senão começam com as manhas de sempre.

Deu um longo abraço no irmão, mandou que as crianças o beijassem e se prepararam para partir. Antes de ir embora, virou-se para ele e lhe disse que rezava para que ele não pudesse resolver o tal assunto em curto espaço de tempo, porque queria que ele vivesse ainda por muitos anos. Alberto sorriu, disse que a amava muito. Ficou um longo tempo a pensar na sua conversa com a irmã. Achou que tinha feito bem em lhe contar. Com Pati sabendo que havia um segredo, seria mais fácil guardá-lo, uma vez que ela evitaria que alguém desconfiasse de alguma coisa. Além do mais, gostava muito dela e não queria mentiras entre eles. Ficou de novo com seus pensamentos no passado, e estes o levaram para a beira do rio.

***

Como combinado, Lu apareceu perto do salgueiro chorão

e viu Tinho já sentado no banco, à sua espera. Não havia vivalma no local. Ela o abraçou por trás e o beijou no pescoço. Ele, então, segurou os braços dela e não deixou que se soltasse. Lu suspirou no seu ouvido:

— Meu amor!

Ele, todo arrepiado, virou-se e a beijou longamente. Depois, puxou-a, fez com que se sentasse em seu colo. Ficaram abraçados assim por um tempo, trocando beijos, entre suspiros e gemidos. Ela notou que ele estava muito excitado. Sentiu seu membro crescer e latejar, tocando a sua virilha. Ficou um pouco descontrolada de tanto prazer, e sentiu que sua calcinha estava muito molhada. Desejou muito que ele a penetrasse.

Ficou assustada. Nunca havia encostado em um homem, pelo menos não dessa maneira. Não era inocente, costumava se masturbar rotineiramente, mas o que sentia agora era totalmente diferente do que quando estava sozinha. Começou a lutar contra o desejo que a dominava. Estavam em lugar público. Precisava se recompor. Pediu com a voz baixinha e ofegante que Tinho a soltasse. Ele deu um sorriso, com os lábios trêmulos, e a soltou. Ficaram os dois tremendo por alguns minutos, e foram se acalmando aos poucos. Ela o olhou aflita e falou:

— Ai, Tinho! Nunca me senti assim, quase perdi o controle. O que sinto por você é muito forte. Tenho medo de que algo de ruim possa me acontecer. Jura que você vai me proteger? Promete?

Ele ficou assustado com seus sentimentos. Estava muito apaixonado por ela e tinha perdido a cabeça. Ficou envergonhado.

— Juro pra você, Lu, que nunca farei nada para te magoar. Faço o que você quiser. A última coisa que eu quero na vida é te deixar triste. Posso ir agora falar com seus pais e pedir que aprovem o nosso namoro. Te amo tanto que não posso mais imaginar a vida sem você. Você é a minha lindinha! Se essa ideia não for boa, peço aos meus pais para irem falar com os seus. Acredite em mim, te quero para sempre.

Ela perguntou se os pais dele conheciam os dela. Tinho disse que não sabia, provavelmente, sim, por causa do clube, mas nunca tinham sido mencionados em sua casa. Ela disse que se ele fosse falar com o pai dela, provavelmente seria rechaçado. Tinham que encontrar uma maneira de fazer com que seus pais se aproximassem, talvez uma festa. Tinho sorriu, disse que seus pais dariam uma recepção no próximo mês e ele arrumaria um jeito de convidar os pais dela. Quem sabe, ela poderia ir também.

Ficaram animados com a ideia, mas depois se lembraram de Fabiana. A amiga tinha livre acesso aos pais de Lu e muito mais influência sobre eles do que ela própria, que era a filha. Ficaram desanimados por uns minutos, mas Tinho, que era muito positivo, disse que iria tentar de qualquer maneira. Convidariam somente os pais de Lu. Assunto resolvido!

Depois lhe disse que essa amizade com a Fabiana era muito nociva para ela, tinha que dar um jeito de se livrar dela. Lu contou toda a história das duas, amigas há longo tempo. Não podia simplesmente abandoná-la, e não acreditava que ela chegasse ao ponto de prejudicá-los. Com o tempo, teria bons sentimentos por ele. Não podia imaginar que uma pessoa que o conhecesse não pudesse gostar dele. Ele sorriu um sorriso triste, e falou:

— As pessoas ciumentas e egoístas são capazes de qualquer coisa.

— Não fale assim, Tinho, ela é minha melhor amiga — Lu respondeu.

Ele se calou. Não queria discutir com ela. Gostava tanto dela, sentia uma alegria enorme por estarem juntos. Nunca mais tocou no assunto.

***

— Seu Alberto! — chamou dona Ângela. — Aquele diretor de cinema está aí.

— Qual deles? — perguntou Alberto.

— Aquele que tem uma barbicha esquisita e um rabo de cavalo. Acho ele tão estranho!

Alberto riu, pediu que ela mandasse o amigo entrar. Era o

Weinbert, diretor de muito sucesso e muito premiado. Adorava a música de Alberto, sempre pedia que ele compusesse suas trilhas.

O diretor entrou com seu sorriso franco e abraçou o amigo. Eram conhecidos de longa data, e se gostavam muito, nunca haviam brigado. Discussões, tinham tido muitas, limitadas ao campo profissional. Weinbert era muito exigente e Alberto também, mas sempre chegavam a um acordo. Alberto achava que essa nova trilha era seu melhor trabalho, e o cineasta concordava. O filme era muito triste, lembrava muito a sua própria história. Assim, Alberto pôs todo o seu sentimento no tema principal e nas variações. Fez também o arranjo orquestral e pediu ao Luiz que regesse.

Escrevera a música pensando no que havia lhe acontecido. O amigo tinha trazido um gravador digital e mostrou o resultado da gravação. Trouxera também um computador, e mostrou os principais trechos do filme já com a trilha colocada. Alberto não conseguiu se controlar, e chorou muito. Colocava para fora o que guardara em silêncio por tantos anos.

Weinbert se surpreendeu, mas ficou calado. Nunca tinha visto o amigo, sempre tão alegre, se comportar assim. Esperou com calma que o companheiro se recompusesse, gostava dele, admirava sua postura como indivíduo e como artista. Um estranho silêncio perdurou por algum tempo, até que Alberto rompeu o constrangimento dos dois:

— Desculpe, eu não queria perder o controle. Mas tantas coisas aconteceram na minha vida, e esse filme me lembra muitas delas — à medida que envelhecia, ficava cada vez mais difícil guardar seu segredo.

Pediu ao amigo que esquecesse o incidente. Sorriu novamente, e lhe pediu que falasse sobre o seu novo caso. Weinbert era muito mulherengo, sempre se envolvia com as atrizes, principalmente as mais novinhas. O diretor deu um sorriso maroto e começou a falar de sua nova conquista:

— Ela é lindinha, toda perfeitinha, alegre, muito boa de cama. Não tem grilos, é ótimo conviver com uma pessoa assim. Sei que está provavelmente se aproveitando de mim, mas o vento que sopra lá, também sopra aqui. Vou levá-la muitas vezes para a cama e lhe dar uma chance, você sabe, um pequeno papel. Se ela se sair bem, segue na carreira, se não, *bye-bye*, menina. Enjoo fácil das mulheres. Prefiro viver sozinho, mas não posso ficar sem sexo. E não fique me olhando com essa cara! Sei que no seu tempo você foi um tremendo de um garanhão, ouvi muitas histórias a seu respeito. Essa cara de santo não me engana, não.

Alberto deu uma gargalhada e fez que sim com a cabeça, com um olhar maldoso.

— É verdade, meu amigo. Houve uma época em que comi tantas mulheres que perdi a conta. Parecia que nada iria aplacar minha angústia sexual, mas quando conheci a minha mulher, tudo mudou. Sei que você deve achar isso estranho, mas foi assim que aconteceu. E o João, seu contrarregra? Continua com suas trapalhadas? — falou, tentando mudar de assunto.

O amigo, rindo, então lhe contou.

— Você não imagina as coisas que ele faz. Já devia ter despedido esse cara há muito tempo, mas gosto dele, está sempre alegre, não sei se é retardado mental ou se tem muita sorte. Tem gente que realmente tem sorte na vida, não basta somente essa história de postura diante das coisas, é preciso que o destino ajude. Há pessoas que passam por tanta coisa ruim que é impossível manter a alegria. Eu, por exemplo, já comi o pão que o diabo amassou, no meu primeiro e único casamento. Gostava muito da infeliz e nunca a traí, mas ela me trocou por outro. Nunca me recuperei da maldade que ela me fez, por isso bebo e como todas as meninas que passam por mim. Só deixo as feinhas de lado... Também não sou assim tão poderoso na esfera sexual, tem umas mulheres que você tem que ser realmente macho para enfrentar. Tive uma, no entanto, que não era bonita nem feia, acho até que era mais para feia, mas tinha um jogo de cintura como nunca vi. Sabia de tudo, o sexo com ela era maravilhoso. Nunca fui tão bem chupado na minha vida. Comecei até a gostar dela, mas um dia a vi com outro. Nem sei se estavam tendo um caso ou não, mas tudo que eu tinha passado com a traição da minha mulher veio à tona. Decidi, então sumir por uns tempos sem dar notícias. Quando eu falo "tempos", quero dizer uns dois anos. Fui viajar pelo mundo

— deu uma risada gostosa, mas terminou meio triste e ficou calado por um tempo.

Retomou a conversa meio encabulado:

— Acho que errei, porque quando voltei, ela estava sem ninguém. Eu a procurei e ela chorou muito, disse que gostava de mim de verdade, mas não queria mais me ver, tinha sofrido muito com o meu desaparecimento. Nem tive coragem de perguntar quem era o sujeito que estava com ela. Fui embora muito envergonhado e caí de novo na farra, mergulhei na bebida e nas ninfetas. Por isso é que quando leio essas besteiras de desapego, de olhar a vida como "bela dádiva do universo", fico muito puto! Tem gente que tem sorte e tem gente que não tem. Não sei se alguém lá em cima decide isso tudo ou se as coisas são aleatórias. Não tive sorte com o amor verdadeiro, por isso me sirvo do amor fácil, amor de cama: você goza e pronto, tá tudo resolvido! Os amigos me compensam o amor que não tive, ou não soube guardar. Tento manter os companheiros, e sou muito bom para os meus subordinados, para me consolar do que não deu certo comigo.

— Você é um sábio, meu amigo. Também tive as minhas agruras, mas não quero pensar mais nisso. Escuta! Você fica para almoçar comigo, hoje tem uma massa de tirar o fôlego, aquela que você adora. Mandei fazer especialmente para você — disse Alberto, com um sorriso.

Weinbert lambeu o beiços e o acompanhou à sala de jantar. Teve que ir embora logo depois do almoço, mas não sem antes combinarem um novo encontro. Elogiou mais uma vez a trilha sonora e se abraçaram. Como Tonico, o cineasta era muito espontâneo.

Alberto se deitou de novo para descansar e as lembranças vieram...

No dia da festa em sua casa, Tinho esperou ansioso a vinda dos pais da Lu. Havia convencido sua mãe a convidá-los, e isso a deixou com a pulga atrás da orelha. Que interesse súbito seria esse que seu filho demonstrava por essa família? Conhecia Luiza e a achava linda. Talvez Tinho estivesse para aprontar uma das suas, como fazia com as outras moças. Ele era terrível, e irresistível para elas. Formava com Tonico uma dupla do barulho, pobres moças que caíam em suas conversas. Mas Teresa era discreta, e esperou para ver o que aconteceria.

Os pais de Lu não apareceram. Alguma coisa de última hora surgiu para o Dr. Rodrigues resolver e não houve tempo para chegarem em horário hábil. No dia seguinte, mandaram um telegrama se desculpando. Tinho e Lu ficaram arrasados. Encontraram-se para lamentar o fato, perto do salgueiro, como sempre. Ele, que era muito otimista, abraçou-a bem apertadinho e lhe segredou ao ouvido:

— Não liga não, minha lindinha, outra oportunidade surgirá. Você não disse que seus pais sempre dão uma festa de final de ano letivo? Então! Essa pode ser a oportunidade ideal para que eu seja apresentado aos seus pais, e você mesma pode fazê-lo.

Ela sentiu um calafrio só de pensar na reação do seu pai, mas não houve festa naquele ano. Os dois prestaram os exames para a Faculdade de Direito e passaram para a mesma turma. Fabiana também passou, mas para outra faculdade, o que foi um alívio para eles. Podiam ter mais liberdade agora.

Fabiana ficou possessa, a mesma reação de sempre, mas não pôde fazer nada. Teve que se resignar a ficar longe da amiga. Para azar de Luiza, passou a frequentar mais a sua casa. O único jeito que Lu encontrou para se livrar dela foi inventar que tinha dois dias de grupo de estudo à tarde, e assim podia continuar a ver Tinho sem dificuldade.

O namoro continuou sem problemas durante aquele primeiro ano. Os dois se viam no clube, no mesmo lugar de sempre, passeavam ao longo do rio e às vezes conseguiam ir a um parque que ficava distante da casa de Fabiana. Na faculdade se sentavam próximos, mas pareciam somente amigos. Fabiana soube, e discutiu muito com a Lu, que afirmou que só gostava dele como colega de turma e que ele era do seu grupo de estudos, que deixasse de ser boba e parasse de ficar imaginando coisas. Disse que não podia brigar com as pessoas só porque a amiga não gostava delas. Não tinha planos para namoros antes de terminar a faculdade.

Fabiana confessou que tinha medo de que Lu a trocasse por Alberto. Lu riu, disse que jamais faria isso, e ainda insistiu dizendo que o rapaz não a atraía. Naquele dia, foi um alívio quando Fafá foi embora. Como seus pais não estavam em casa, ligou para Tinho, se apresentando como Alice. Ele ouviu toda a história e ficou preocupado. Não confiava nem um pouco na Fabiana. Disse a Lu que deviam tomar um cuidado redobrado, talvez fosse melhor que se encontrassem num lugar fechado, longe da casa das duas. Se quisessem passear, o parque distante seria sempre o melhor lugar.

Alberto prosseguiu, disse que seu tio estava no estrangeiro e tinha uma casa muito boa, ele e seus pais cuidavam dela e ele a usava frequentemente para ler os livros da enorme biblioteca. Poderiam ficar lá sem serem perturbados. Lu disse que não sabia, não achava certo que ficassem a sós numa casa vazia. Tinha medo de que algo lhe pudesse acontecer, e ele havia prometido que iria cuidar dela. Ele disse que cumpriria a palavra, faria o que ela quisesse.

Justamente no dia seguinte, algo aconteceu. Os dois passeavam de mãos dadas na beira do rio quando Lu reparou que alguém lhe acenava. Ficou pálida! Era Judite, sua colega de preparatório e de turma de Direito. Apertou com força a mão de Tinho e lhe disse que a amiga os havia visto. Saiu correndo e a alcançou, esbaforida. Judite percebeu sua aflição e disse que se acalmasse. Lu lhe implorou que não contasse nada para quem quer que fosse. Se seus pais soubessem, nem imaginava o que poderia acontecer. Fabiana também não podia saber de nada. A amiga lhe deu um abraço e disse que não contaria a ninguém, muito menos a Fabiana de quem não gostava nem um pouquinho.

As duas se beijaram e se despediram. Lu voltou muito trêmula e começou a chorar. Tinho a abraçou, consternado, até que ela se acalmasse, dizendo suavemente:

— Lu, minha lindinha, temos que tomar cuidado. É melhor fazermos o que eu sugeri ontem.

Ela concordou, mas pediu de novo que ele não descuidasse dela. Ele era tudo o que ela queria, e tinha medo que não pudessem se controlar na casa do tio. Ficaram muito abraçadinhos aquele dia, mas sem trocar carícias. Ambos estavam preocupados.

***

Alberto aguardou que dona Maria terminasse os procedimentos. Tinha que ser massageado duas vezes por dia, do contrário não conseguiria andar direito e sentiria dores no dia seguinte. Já era tarde, e ela pediu para se retirar do quarto.

— Lógico, dona Maria, vá descansar — respondeu ele, aliviado. Pegou umas partituras antigas e começou a revê-las. Era sua intenção deixar toda a sua produção musical organizada, e, para isso, contava com a colaboração de Luiz.

Lembrou-se da época em que havia retomado seus estudos musicais, logo no começo do namoro com Lu. Já estava formado em piano, e começou a estudar Harmonia, Composição e Regência. Sua professora era uma maestrina bastante conhecida, responsável pela formação de muitos músicos famosos. A família podia pagar esse luxo. Seus estudos prosseguiram com bastante aproveitamento, e Alberto obteve proficiência rapidamente. Por várias vezes regeu a orquestra sinfônica local, sempre com sucesso.

Tinha muito talento. Suas paixões eram Luiza e a música. O Direito seria uma maneira de obter um diploma, mas não planejava trabalhar como advogado. Começou desde então a fazer pequenos trabalhos para o teatro, além de compor música erudita. Foi logo muito bem-sucedido e soube ser esse o seu destino. Mas a vida tem seus próprios meandros, e costuma nos surpreender com atalhos inesperados: acabou passando a maior parte de sua vida como advogado. Nunca deixou de fazer música, mas esta virou uma atividade secundária diante de suas outras responsabilidades. Somente retornou a ela em tempo integral quando pôde se aposentar.

Havia tanto ainda por fazer, um milhão de melodias povoava sua cabeça. Teria tempo para criá-las, deixar sua marca? Não queria deixar este mundo sem que isso acontecesse. Não lhe agradava o rumo que a música erudita havia tomado, por isso, ultimamente, pouco se dedicava ao gênero. Somente compusera as que pedira a Armando para entregar a Luiz porque tinham finalidade definida, e muito importante. Não as veria executadas, uma vez que estavam reservadas para um recital que só deveria acontecer após a sua morte, e a razão disso era um segredo mantido a sete chaves.

Estava contente porque ainda tinha dois filmes para musicar, e esperava que chegassem novas encomendas. Em um deles, para o qual já começara a trabalhar, uma das atrizes era uma menina que lembrava Alice. Queria encontrar uma melodia que lhe fizesse jus. Tentou pensar nela, mas o pensamento correu para junto do rio onde se encontrava com Lu.

Era lindo, o rio. Parecia o mar, de tão largo, e com as águas bem azuis. A brisa que soprava e o cheiro daquela água o fascinavam. Passeara por aquelas margens a vida toda. Fora muito feliz ali, tinha muitas recordações. Olhava demoradamente os barcos que passavam, deixava que o pensamento voasse. Ficava por horas lembrando as carícias do tempo em que estivera com a sua Lu, o olhar de felicidade e amor da namorada. Ela era tão sua! Eram jovens, cheios de esperança.

O que mudara no mundo? Só ele. Não podia mais enxergar a felicidade que ainda existia por aí, as paixões que se abrigavam no peito dos amantes. Distraído, deixara a vida lhe escapar por entre as mãos, sem possibilidade de retorno.

Voltou a lembrar aquele encontro com Judite. Ela manteve a palavra, nunca contou nada a ninguém. Morreu aos cinquenta anos, de câncer no seio, uma morte triste. Alberto ficara muito revoltado. Ela era tão boa! Que universo estranho esse, que mata os melhores de maneira tão cruel. Não há justiça neste mundo, só alguns poucos momentos de felicidade, o resto é luta em busca de algo que não existe. Não há vencedores. Nascemos todos marcados. Alguns têm mais sorte, como diz o Weinbert, uma vida mais calma, podem, quem sabe, até morrer dormindo. Os outros têm que se conformar com o sofrimento físico ou mental que lhes é imposto.

Ficou muito deprimido, tentou tirar da cabeça aqueles pensamentos. O remédio que tomara começou a fazer efeito e adormeceu.

Teve um sonho agitado. Alice brincava com sua bola, ele a chamava, mas ela não ouvia. Como um fantasma, desapareceu, e ele procurou por ela, desesperado.

Acordou muito suado e nervoso às três da manhã, o que estava se tornando um hábito. Quando o coração se acalmou, tentou se virar para um lado e depois para o outro. Ajeitou o travesseiro, colocou as mãos sob a cabeça, mas nada adiantou. Estava definitivamente acordado. Levantou-se com dificuldade e foi tomar um copo de água. Ao passar pela sala, viu que dona Maria ressonava com um sorriso nos lábios. Pensou, *esta aí deve ser um desses seres sortudos. Provavelmente vai morrer dormindo.* Voltou para a cama, apagou a luz e seus pensamentos voltaram a dois dias após o encontro com Judite.

Encontrou Lu perto do salgueiro e foram para a casa do tio. Entraram por uma porta lateral, que ficava escondida dos vizinhos. Lu parecia nervosa. Ele a chamou de "minha lindinha", como sempre, e a acalmou com um abraço. Depois, foi mostrar a casa. Era enorme, com dois pavimentos. A biblioteca ocupava o vão central e tinha pé direito duplo. Era toda de jacarandá, com um jirau em toda a volta, repleta de livros, um paraíso para os amantes da leitura.

A sala de estar era enorme, circundada por uma varanda e com um piano de cauda na parte central. Havia uma cozinha enorme, e quartos e mais quartos. Tinho deu para Lu uma cópia das chaves e disse que era melhor que eles chegassem separados. Colocou uma música no toca-discos e começaram a dançar coladinhos. Lu foi se acalmando, começou a acariciar o pescoço dele. Logo veio um beijo, depois outro, na boca, no pescoço, nos ombros... tudo foi ficando meio nublado, os corações batendo forte, o desejo aumentando.

Ela sentiu o membro dele ficar muito duro, roçando entre suas pernas. Foi ficando muito excitada, toda molhada. Tinho abriu a blusa dela e acariciou os peitinhos. Os biquinhos muito duros latejavam, sentindo a língua dele. O prazer era enorme, ela não queria que ele parasse.

Ele pegou a mão dela e colocou sobre seu membro. Ela gemeu de prazer. Depois enfiou sua mão dentro da calcinha dela e começou a tocar o clitóris e todo o seu sexo. Lu começou a gemer muito, respirando pesado, e acabou por gozar como nunca havia gozado antes. As pernas dela ficaram fracas e trêmulas, e ele a abraçou com força. Ela começou a chorar de emoção, e depois caiu num riso incontrolável. Custou a recuperar a lucidez. Estava extasiada com as sensações.

Ele a olhou com um olhar de paixão e pediu que acariciasse o seu membro. Aos poucos, foi lhe mostrando como devia fazer para que ele sentisse prazer. Gozou intensamente, com um grito forte, parecia um animal selvagem. Ficaram rindo como duas crianças por um tempo. Ela nunca havia se sentido tão contente. Abraçou-o fortemente, disse que o amava muito. Ele olhou para ela e disse que ela estava mais linda do que nunca, que a amava mais que tudo e não podia mais imaginar a vida sem ela.

Alberto tinha levado uma máquina fotográfica e tirou muitas fotos, dela e dos dois juntos. Ela também tirou uma foto dele, pediu que lhe desse uma cópia. Foi muito difícil a separação naquele dia. O amor que os unia agora parecia muito mais real. Sabiam que se encontrariam no dia seguinte na faculdade, não imaginavam como seria difícil ficarem separados. Teriam que esperar alguns dias por um novo encontro na casa e essa espera foi ainda mais difícil de suportar.

***

No dia seguinte, Fernando veio visitá-lo. Chegou, deu-lhe um beijo na testa e depois um abraço apertado.

O filho mais velho havia tomado para si todas as responsabilidades da firma, considerava-se o responsável por tudo. Alberto achava graça de sua postura muito séria e profissional, lembrava-lhe sua mãe, sempre cheio de cuidados. Alberto já tinha idade suficiente para saber que a vida, embora não fosse brincadeira, não era para ser levada tão a sério. Uma postura mais relaxada faria com que as coisas fluíssem mais suavemente. Além do mais, tinha acumulado uma fortuna tão grande, com a herança dos pais e seu trabalho, que seria muito difícil não poder resolver os problemas econômicos. Disse-lhe, em tom jocoso:

— E aí, advogado empresário, algum problema insolúvel lá no escritório?

— Não, papai, só vim ver como você está.

— E a criançada e sua mulher, tudo bem?

— Tudo ótimo, como sempre — respondeu o filho.

— Estou com saudade das crianças. Avô precisa de beijo dos netos, de beijar os cangotinhos deles.

Fernando riu, disse que traria as crianças no fim de semana. Perguntou como estava sua saúde e sua produção musical. Alberto lhe deu as respostas habituais.

— Há alguma outra coisa que você deseje saber, meu filho?

— Há uma coisa sim, pai. O Armando tem feito uns trabalhos na surdina, e, quando lhe perguntei do que se tratava, me respondeu que eram assuntos pessoais. Você tem algo a ver com isso?

— Tenho, meu filho. São coisas que remontam a um tempo muito anterior ao nascimento de vocês. Tenho alguns compromissos a saldar com pessoas às quais fui relacionado no passado — preferiu falar assim, porque não queria magoá-lo com sua história. Disse-lhe também que estava ajeitando tudo para que não tivessem problemas depois de sua morte.

— Que bobagem, pai! — falou Fernando, amuado. — Você ainda vai enterrar muita gente.

Alberto ficou pensando nisso por um tempo, e desejou que a previsão do filho não fosse verdade. Havia tanta gente que ele amava, preferia, já que estava sofrendo há tantos anos, que fosse ele o primeiro a ir embora. Não temia a morte. Sempre fora valente. Sabia, entretanto, que ia sentir saudade da vida. Teria que abandonar sua música, seus sonhos, suas lembranças, privar-se do convívio das pessoas queridas. Não pensava muito na existência de algo após a morte. Talvez existisse, talvez não. O universo era tão fantástico que seria uma estupidez se fosse somente aleatório. A maldade do mundo, entretanto, fazia com que desacreditasse da existência de um Deus. Havia sempre a possibilidade de que a humanidade não tivesse qualquer importância. Por outro lado, todas as coisas e pessoas eram únicas, um mistério difícil de explicar sem acreditar num propósito divino. Tanto acaso era difícil de aceitar. Talvez os espíritas tivessem razão, e houvesse uma roda do destino, várias encarnações. Em todo caso, se quando você voltava não sabia quem tinha sido, que diferença faria a morte ser ou não definitiva? Sua nova encarnação não seria você, e sim outra pessoa, e ele gostava de si mesmo, não queria ser outra pessoa.

Fernando deixou que o pai ficasse pensativo. Já estava acostumado a essas ausências, quanto mais velho ficava, mais longos os períodos de ausência. Alberto voltou ao presente e lhe disse:

— Você fica para o almoço?

Fernando sabia que o pai detestava comer sozinho, e respondeu que sim. O pai sorriu e disse:

— Você sabe que, aqui, quem vem visitar tem que almoçar comigo. O jantar não ligo, gosto de comer na cama vendo um filme ou ouvindo música.

Passaram ainda algumas horas juntos relembrando o passado. Velho tem muito mais tempo de passado do que de futuro. Se pensar só no futuro, fica com a sensação de que pouco lhe sobrou, mas se falar do passado, parece que o tempo se estica e a vida fica mais longa.

***

No encontro seguinte, Tinho foi mais cuidadoso. Esteve na casa um dia antes e deixou comes e bebes para que o encontro ficasse mais agradável. Levou também alguns discos. Toda semana seus empregados faziam a limpeza, era ele o responsável pela casa, uma vez que só ele a usava.

Chegou um pouquinho antes do combinado para ver se

tudo estava em ordem. Lu chegou logo depois. Estava radiante, parecia mais mulher. Ele a abraçou, e ficou olhando aqueles olhos negros penetrantes e seu sorriso lindo. Beijaram-se longamente e ficaram assim, como faziam a cada encontro, um sentindo o coração do outro. Tinho, então, mostrou a ela contente os quitutes que havia trazido. Colocou um disco na vitrola e começaram a dançar.

Em certo momento, perguntou a ela quando ficaria "incomodada". Ela respondeu que a última vez tinha acabado um dia antes do encontro anterior, exatamente há quatro dias. Tinho conversara com Tonico, sem lhe dizer o motivo, perguntando como se fazia tabelinha para evitar gravidez. Tonico, que conhecia bem o amigo, e sabia que não adiantaria mesmo tentar arrancar alguma coisa dele, explicou o processo. Lu perguntou por que queria saber, e ele disse que poderiam fazer sexo por completo naquele dia, se ela quisesse. Ela ficou pensativa, e um pouco nervosa. Parou de dançar e sentou-se no sofá. Ele sorriu e disse:

— Não fique preocupada, minha lindinha, só farei o que você quiser que eu faça. Posso esperar até o casamento se for melhor assim.

Ela deu um sorriso e falou:

— Casamento? Você já está pensando nisso?

— É só nisso que eu penso — ele respondeu. — Por mim, fugiríamos para um lugar bem longe dessa sua família e nos casaríamos. Tenho dinheiro suficiente para uma vida inteira.

Ela ficou séria, e falou:

— No começo seria muito bom, mas depois sentiríamos falta das pessoas. Além do mais, temos que terminar a faculdade. Não fique aborrecido, eu amo muito você, e farei qualquer coisa que você quiser se prometer que tomará conta de mim.

— Essa promessa eu já fiz e não vou voltar atrás, a não ser que você queira o contrário — ele respondeu.

— Como assim, querer o contrário?

— Que você deixe de gostar de mim e escolha outra pessoa em meu lugar — ele respondeu, com tristeza. Havia sinceridade em seus olhos.

Ela o puxou para o sofá e começou a beijá-lo com intensidade. Tirou a camisa dele e depois tirou a blusa e o sutiã. Os dois ficaram se beijando e ele voltou a chupar o bico dos seios dela. Levantou sua saia e tirou sua calcinha. Alisou seu clitóris e depois começou a lambê-lo e a chupá-lo. O gosto dela era maravilhoso.

Os dois ficaram completamente nus e se sentaram de frente um para o outro, com as pernas dela sobre as pernas dele. Aos poucos, em movimentos de vaivém, ele a penetrou sem que ela sentisse dor. A sensação daquele membro dentro dela fez com que perdesse a noção do tempo. Começou, aos poucos, a sentir um prazer enorme, e cada vez maior. Os gemidos dele aumentaram, e ele gozou com um grito forte, parecia um leão em cima dela. Ela se deixou levar e gozou profundamente, e durante um longo tempo. Entre risos de extrema satisfação ficaram abraçados, muito juntinhos. Trocaram muitas juras de amor e, algum tempo depois, repetiram o ato.

Não havia mais volta. Agora ela era totalmente dele. Tentou não pensar em nada e aproveitar ao máximo aqueles momentos.

Passaram todo aquele ano, o segundo de Direito, se encontrando na casa e no parque distante. Foram descobrindo todas as nuances do amor, físico e espiritual. Às vezes se encontravam no clube, no lugar de sempre, mas tentavam evitar que as pessoas os vissem. Iam algumas vezes ao rio, mas evitavam se tocar, pareciam somente amigos.

***

Alice estava chorando! Tinho não sabia como consolá-la. Tentava falar com ela, mas ela não ouvia. Ela gritava, "minha mãe foi embora! Me abandonou!" Saiu correndo para chamar a mãe mas não conseguia alcançá-la. Tinho virou-se na direção de Alice e ela havia desaparecido. Meu Deus! Como ele gostava daquela menininha! Começou a gritar muito, e ninguém o ouvia. Caiu num pranto convulsivo.

Acordou muito nervoso, ainda chorando. Dona Maria estava ao seu lado com os olhos arregalados.

— Seu Alberto! Se acalme, por favor! — ela disse.

Aos poucos, foi retornando à realidade e percebeu aliviado que tudo não passara de um pesadelo. Disse à enfermeira que já estava tudo bem, não sentia nenhuma dor. Ela podia retornar ao seu descanso.

Os sonhos com Alice estavam ficando mais frequentes. Sentia uma angústia muito grande quando se lembrava dela. O amor que sentira por ela ainda estava presente com a mesma força no seu coração. Tentou afastar esses pensamentos pegando algumas partituras que precisava rever. Olhou o relógio, eram três da manhã, um horário fatídico para ele, a mesma hora em que aquilo tinha acontecido. Levantou-se e foi ao banheiro. Urinar lhe era penoso e demorado, a próstata estava crescida e lhe dava trabalho. Após o chamado da natureza, se distraiu e pôde olhar com calma as pautas musicais. Fez as correções necessárias e as colocou de lado para voltar a lembrar os encontros na casa do tio.

Naquele dia Lu estava menstruada e com um humor terrível. Os homens mais jovens não sabem o que significa uma queda hormonal: a cabeça fica transtornada e a irritação toma conta. Lu estava agitada e começou a chorar. Alberto ficou sem saber o que fazer. Normalmente, ela era muito calma.

— O que estamos fazendo é errado — ela disse. — Sei que você, no fundo, acha que sou desfrutável. Tenho certeza de que você vai se cansar de mim e me abandonar. Vou ficar por aí, jogada no mundo. Te amo tanto, e vou ficar só com o seu desprezo. Uma mulher que age como agi não merece consideração da sociedade, e nem da sua família. Vou ter que viver sozinha, longe de todas as coisas de que gosto. Nunca mais poderei ir nadar no clube ou passear na cidade que adoro. Tudo está perdido para mim.

Caiu, então num pranto inconsolável. Ele ficou muito aflito e com os pensamentos confusos. Tentou abraçá-la, mas ela não permitiu que se aproximasse. Ao voltar para casa, Tinho tomou uma decisão: iria falar com o pai dela de qualquer maneira. No dia seguinte, ligou para a secretária do Dr. Rodrigues, marcou uma entrevista com ele, vestiu seu melhor terno e se dirigiu para o local.

Ao chegar, foi anunciado como Alberto Silveira, filho do Dr. Carlos Silveira. O pai de Lu o recebeu com mesuras e o convidou a se sentar. Tinha medo do pai de Alberto, que era um dos homens mais poderosos do país.

— O que será que posso fazer pelo filho de um dos homens mais distintos da sociedade? — falou.

Alberto, então disse que conhecia Luiza de longa data, que estudavam juntos e que nutria um sentimento verdadeiro por ela, que julgava ser correspondido. Pedia-lhe, com todo respeito, que o deixasse iniciar um relacionamento com sua filha. Disse ainda que era possuidor das melhores intenções e possuía os meios necessários para proporcionar a ela uma vida de conforto.

Rodrigues tentou, no melhor de suas possibilidades, disfarçar sua surpresa. Disse que iria conversar com a filha e lhe daria uma resposta assim que pudesse. Alberto se despediu muito animado.

Rodrigues ficou pensativo após o encontro, ponderando as possibilidades. Um casamento com um rapaz de estirpe e tão rico não seria nada mal. Por outro lado, Alberto nunca se interessaria por seu negócio, que era a menina dos seus olhos. Em nenhum momento pensou no que a filha iria sentir. Tinha medo de que o seu negócio sucumbisse quando envelhecesse ou após sua morte. Seu filho mais velho era médico, não tinha qualquer interesse pelos negócios do pai. Os dois nem se davam bem, razão pela qual o filho tinha ido morar longe. Queria para Luiza um marido que se interessasse por seu empreendimento de toda uma vida. Ao chegar em casa, estava decidido a esquecer o assunto, e nem para sua mulher contou o que ocorrera.

Luiza, que havia sido alertada por Tinho, ficou dias esperando que o pai conversasse com ela. Não tinha coragem de abordá-lo porque tinha muito medo dele. Após algum tempo, se convenceu de que o pai não conversaria com ela, teve a certeza de que deveria ter outros planos. Conversou com Tinho e ele ficou preocupado, mas lhe disse que não temesse nada. Iriam terminar o curso e se casariam de qualquer maneira. Se algo acontecesse antes, ele a protegeria. Foi taxativo:

— Lu, sou financeiramente independente. Recebi uma grande herança da minha avó e fui emancipado pelos meus pais. Nada atrapalhará o nosso relacionamento.

Continuaram se encontrando, na esperança de que alguma coisa mudasse. Algo, porém, aconteceu sem que eles soubessem. Em um dos seus passeios no parque, Claudio os viu de mãos dadas. Ficou arrasado, porque, a despeito do tratamento indiferente que Luiza lhe dispensava, alimentava a esperança de um dia se casar com ela, já que sua família havia perdido grande parte dos bens e vivia de aparências. Correu logo para conversar com Fabiana, que ficou possessa por ter sido enganada por Luiza. Imaginou que seria rechaçada pelo casal assim que ficassem juntos, todo o seu investimento na amizade com Luiza estaria perdido Começou a arquitetar, dentro da sua mente doentia, um plano para afastar Lu de Alberto. Seguiu Luiza por três dias, descobriu o esconderijo deles e os viu tendo relações.

***

Ana Cristina apareceu, como sempre, de surpresa. Era médica, chefe de clínica de um grande hospital. Nunca tinha tempo para nada. Seu casamento não tinha dado certo por isso, mal via o marido. O bom de tudo é que não tinham tido filhos, não quisera tê-los, era esse tipo de mulher. Muito bonita, sempre tinha um caso novo. Descartava os homens da mesma maneira com que descartava suas luvas de borracha.

Chegou falante e alegre, como sempre. Tinha um senso de velocidade diferente do das outras pessoas. Fazia tudo rapidamente, e sem errar. O pai ficava olhando para ela sem saber o momento certo para interrompê-la. Ela, para ele que era músico, vivia num andamento só: *prestissimo*, como aquelas sonatinas de Beethoven, quase impossíveis de se tocar com maestria. Realmente tinha pena dos seus subordinados, deviam sofrer muito, ainda mais porque ela era autoritária. Era, na verdade, o autoritarismo em pessoa. Tinha vergonha de admitir para si mesmo que às vezes a imaginava tendo relações. Provavelmente, necessitava de parceiros com ejaculação precoce.

Ficou calado, como sempre fazia, até que ela parasse de falar. Ela percebeu que o pai estava aturdido com o seu falatório e parou. Ele, então, esticou os braços e pediu um abraço e um beijo.

— Posso falar? — perguntou ele.

Ela sorriu, com cara de filha carinhosa. Gostava muito do pai, sua grande paixão. Por isso, nunca havia conseguido ficar com homem algum.

— Só paro por você, que é o meu amor — respondeu ela.

— Vou te pedir, pela milésima vez, que você me dê notícias. Sempre. Sinto sua falta. E tem outra coisa: assim que sua mãe e Olívia chegarem, daremos uma festa, e você é presença obrigatória. Não aceito desculpas! — ele falou.

Ela deu uma risada e disse que era uma promessa. Depois falou que estava acompanhando seu tratamento e achava que tudo estava bem. Não sabia por que ele andava tão deprimido ultimamente. Não era por causa da falta da mãe e da Olívia, porque já estava assim antes da viagem.

Ele então contou que vinha tendo muitas recordações. Lembrava-se bem do passado, mas tinha dificuldade para lembrar o que tinha feito há poucas horas. Ela lhe disse que isso era normal na idade dele, chamava-se "perda da memória recente". O único perigo seria se ele começasse a não saber onde estava.

Ele respondeu que isso nunca havia acontecido. Ela, então, disse:

— Estou esperando a sua resposta.

Ele falou que muitas coisas no seu passado remoto o haviam machucado muito, mas não queria falar sobre isso, porque quando contava os fatos era como se os vivesse novamente. Ela ficou espantada:

— Logo você, papai, que sempre foi tão alegre.

— Fui alegre por causa de vocês. Ainda fico alegre quando

estou junto com a minha família. Mas quando estou só, me lembro das coisas tristes e choro. Velho chora à toa.

Ela pegou na mão dele e lhe fez uma festinha. O BIP tocou e ela, com cara de desânimo, disse que tinha que ir embora. Beijou o rosto do pai várias vezes e disse que o amava, que ele era o seu papaizinho querido.

Ele ficou pensando nela e no seu carinho. Aquela festinha na mão lembrou-lhe o primeiro carinho que Lu lhe tinha feito.

***

Fabiana não descansou enquanto não conseguiu conversar com o Dr. Rodrigues. Ele tinha uma quedinha por ela. Não era um homem honesto, tinha lá seus casos, e sempre com mulheres mais novas. Ela veio com uma conversa de cerca-lourenço até conseguir falar de Claudio, de suas inúmeras qualidades, de como seria bom que ele ficasse para sempre trabalhando na firma. O Dr. Rodrigues deveria pensar nisso, já que Luiza e ele se gostavam há bastante tempo. Se ele entrasse para a família, seria um grande apoio para a empresa no futuro.

O pai de Lu ficou espantado com essa revelação. Pois Alberto não tinha falado no seu relacionamento com a filha? Perguntou para Fabiana:

— Você tem certeza de que Luiza gosta do Claudio? Não é de outro rapaz que ela gosta?

— Ela é minha melhor amiga, Dr. Rodrigues, tenho certeza absoluta! Estou fazendo isso por ela. A Lu é muito envergonhada, nunca falaria dos seus sentimentos para o senhor. Claudio também não teria coragem. Na festa que vocês vão dar no final do ano letivo, o senhor faz uma surpresa para ela. Garanto que ela vai ficar muito feliz. Se ela não souber de nada, então, vai ser sensacional. Se o senhor e dona Iolanda não falarem nada, eu preparo tudo para dar certo. É só anunciarem o brinde quando eu disser a hora, e darão consentimento para o namoro.

Ele respondeu que tinham um acordo, e ainda acrescentou:

— Não vá me falhar, menina!

Ficou muito satisfeito. Agora teria em quem confiar para tocar a empresa: o próprio genro. Conversou com a mulher e ela ficou muito contente.

Fabiana procurou Claudio e contou sobre seu plano. A festa aconteceria dentro de um mês. Ele ficou radiante. Ela lhe recomendou que ficasse sempre com as duas no clube, assim talvez os Rodrigues o vissem e acreditassem na história dela, sem margem para dúvidas. O Dr. Rodrigues passou a ir ao clube aos sábados, e realmente viu Claudio perto delas. Convenceu-se definitivamente. Alberto também o viu, e achou estranha a atitude dele. Ficou com a pulga atrás da orelha. Além do mais, a presença de Claudio o aborrecia.

Os Silveira receberam convite para a festa dos Rodrigues e perguntaram a Tinho se ele queria ir. Ele prontamente disse que sim, tinha muito interesse nessa festa. Teresa, sua mãe, percebeu que o filho estava interessado em alguém. Mulherengo como ele era, não seria surpresa.

Na primeira oportunidade, Tinho conversou com Lu sobre tudo isso e perguntou por que Claudio agora estava sempre perto dela, e por que seu pai estava indo ao clube nos sábados de manhã. Disse que não estava gostando nem um pouco dessa história. Lu tomou isso como uma reclamação, e como eles nunca brigavam, ficou corada, corava sempre que ficava nervosa. Tiveram ainda oito encontros antes da festa. Amaram-se muito e fizeram planos para o futuro.

***

Alice estava mais velha e muito pálida. Sorria para ele e lhe mandava beijos. Tentou se aproximar, mas não conseguia se mover direito. Parecia que estava em câmera lenta. Precisava se apoiar nos objetos e empurrar, como se faz debaixo d'água, Alice cada vez ficava mais longe. Foi se dissolvendo aos poucos e desapareceu. Sua bola quicou perto dele e os palhaços pintados nela choravam.

Ele começou a chorar convulsivamente, dizendo "Volta, Alice! Por que você me abandonou?"

Acordou soluçando, cheio de lágrimas. Dessa vez dona Maria não ouviu nada, estava dormindo pesadamente. Custou a se acalmar. Não entendia por que vinha tendo esses sonhos. Durante anos não tinha pensado nessas coisas, tinha sepultado tudo bem fundo dentro de si. E agora esses fantasmas do passado voltavam a atormentá-lo. Ficou deprimido por muito tempo. Sentiu saudades do tempo de criança, quando fora tão feliz. Tinha sonhado com um mundo melhor, onde as pessoas realmente se importavam com as outras. As histórias que lia sempre terminavam bem. Vivia em um lar estruturado, brincava com seus amigos e com sua irmã e o futuro parecia promissor. Depois de adulto, quantas desgraças viu e sentiu em sua própria pele! Só viu o egoísmo e a maldade imperarem, e estava cansado disso tudo. Nem sua família conseguia aliviar a angústia que sentia. Talvez fosse melhor morrer, ser esquecido. O sofrimento acabaria. Talvez se juntasse às pessoas que amara. Seu humor melancólico o conduziu à lembrança daquela festa.

Acordou animado naquele dia. Tomou seu café, fez alguns exercícios e foi para o banho. A festa começava com um almoço e deveria se estender até a tardinha. Pensou que seria a oportunidade ideal para, junto com seus pais, obter uma resposta positiva do Dr. Rodrigues. Veria a sua Lu em sua própria casa. Após o almoço, os ânimos estariam melhores e, se tudo estivesse bem, ele falaria com os pais dela. Após o banho, sentou-se em frente ao espelho enquanto se vestia e teve um mau pressentimento. Estranho. Nunca se sentia assim, era sempre otimista. Talvez fosse somente a angústia de estar já há dois anos com a Lu e não poder anunciar isso à sociedade.

Chegaram à festa e foram recebidos pelos Rodrigues, cheios de mesuras. Salgadinhos e bebidas já estavam sendo servidos. Tinho estava nervoso, e notou que Lu também se sentia desconfortável. Entreolharam-se várias vezes, e ela teve dificuldade de sorrir para ele. Estava preocupada com o que poderia ocorrer entre seu pai e Tinho, que não entendeu o comportamento dela, achou que ela ficaria feliz ao vê-lo. Teve novamente um mau pressentimento. Teresa, com seu sentimento de mãe, percebeu a troca de olhares e imaginou que Luiza era a razão de o seu filho estar ali. Ficou, no entanto, preocupada com o estado de nervos do filho. Nunca o tinha visto assim. Ele era sempre tão seguro. O que estaria ocorrendo?

Um pouco antes do almoço ser servido, Claudio se aproximou, cumprimentou os Silveira e iniciou uma conversa com Tinho. Assim que pôde, disse que estava muito feliz, pois finalmente conseguiria o que esperava há muito tempo. Depois se afastou, deixando Tinho pensativo, talvez Claudio almejasse uma promoção.

Logo após o almoço, Fabiana se aproximou de Tinho e o cumprimentou. Fez então o sinal esperado pelo Dr. Rodrigues, que colocou Claudio ao seu lado, bateu com o garfo em sua taça e começou um discurso:

— Caros amigos aqui presentes, estamos muito felizes com o comparecimento da nata da sociedade de nossa cidade à nossa casa. O grande motivo desta festa é que queremos apresentar a vocês o novo futuro casal: Claudio e Luiza! — pegou a mão dos dois e as uniu, mesmo encontrando resistência por parte de Luiza. — Sei que eles se querem há muito tempo, e, agora, têm a minha permissão para iniciarem o namoro.

Luiza corou, baixou os olhos e teve dificuldade para permanecer em pé. Ficou com os olhos repletos de lágrimas, o que foi interpretado por todos como emoção. Fabiana olhou para Tinho, que estava imensamente pálido, e lhe disse:

— Eles estão esperando há tanto tempo por isso, formam um casal lindo! Você não acha?

Tinho sentiu as pernas lhe fugirem, e uma ânsia de vômito incontrolável. Não podia acreditar no que estava vendo. Retirou-se rapidamente para o jardim. Teresa foi atrás e chegou a tempo de ver o filho vomitar repetidamente. Tentou acudi-lo, e ele se virou para ela transtornado e disse:

— Mãe, tenho que ir embora daqui o mais rápido possível. Vou com o chofer e ele volta para buscá-los.

Teresa voltou para o lado do marido sem dizer nada. Tinha medo de que ele criasse um caso se soubesse de alguma coisa. Olhou para Luiza, que olhava na direção deles procurando Tinho, com os olhos bem vermelhos. A princípio, ficou confusa com a reação de Luiza, mas dona Iolanda, sorrindo, dizia a todos que a filha era assim, muito emotiva. Teresa disse a Carlos que eles tinham que sair dali às pressas, porque Tinho não estava passando bem. Despediram-se rapidamente e voltaram para casa.

Luiza se retirou para seu quarto logo após a saída deles. Chorava desconsoladamente. Fabiana foi atrás e lhe disse, friamente:

— É melhor você se acalmar. De outra maneira, conto para todos sobre vocês dois. Desavergonhados! Dou o endereço da casa onde vocês se encontravam. Que ilusão a sua, pensar que podia me enganar.

Luiza olhou para ela sem acreditar no que ouvia. Tinha que falar com Tinho. Nem podia imaginar o que ele estaria sentindo, mas sabia, com certeza, que ele não a abandonaria quando soubesse da verdade.

Quando os Silveira chegaram em casa, encontraram o filho desalentado. Teresa disse a Carlos que depois lhe explicaria tudo e levou o filho para o quarto dele para conversarem.

— Era essa a moça de quem você gostava? O que aconteceu realmente hoje, meu filho? — perguntou.

— Não sei, mãe. Estamos juntos há dois anos. Fizemos planos para o nosso casamento. Nunca pensei que amaria tanto uma pessoa, mas você estava lá e viu tudo como eu. Não consigo coordenar os meus pensamentos. Ela dizia que me amava.

— Onde vocês se encontravam? — perguntou Teresa.

— Na casa do meu tio — ele respondeu.

Ela ficou pensativa, e fez a pergunta crucial:

— Vocês mantiveram relações sexuais?

Ele olhou para ela com uma tristeza profunda, e disse que sim. Ela ficou muito abalada. O que pensar de uma moça que tinha esse comportamento? Perguntou, então, se ele queria que ela procurasse Luiza, já que o relacionamento era assim tão sério. Teresa era boa. Tinho olhou para ela e disse que ainda tentaria falar com Lu. Ela recomendou que tentasse descansar e que procurasse a moça no dia seguinte. Ele assentiu, e caiu num sono profundo, enquanto a mãe o acariciava.

Fabiana prosseguiu com seu plano sórdido. Procurou o Dr. Rodrigues e lhe disse que tinha atendido um telefonema de Alberto Silveira, que queria falar com Luiza. Quando ela negou, lhe disse desaforos. Explicou ao pai de Lu que Alberto vivia perseguindo a amiga, e ela não sabia mais o que fazer para evitá-lo. Pediu-lhe que não deixassem Luiza atender o telefone, pois temia que Alberto lhe fizesse algum mal.

Rodrigues também achou melhor evitar aborrecimentos, principalmente com os Silveira. Mandou desligar o telefone do quarto de Luiza e deu ordens expressas para que ela não usasse o telefone e nem saísse desacompanhada.

O circo estava armado!

Nos dias que se seguiram, Alberto tentou falar com Luiza, mas a resposta, quando atendiam o telefone, era sempre a mesma: "Dona Luiza não pode atender." Ficou desesperado. Estavam de férias na faculdade. Foi várias vezes até o rio, ao parque, à casa do tio.

Uma semana se passou, e nada. Conversou com a mãe e ambos chegaram à conclusão de que Luiza não o queria, amava outra pessoa, o Claudio. Reuniu os pais e pediu que eles deixassem que pedisse transferência para outra faculdade, na cidade onde seu tio Jorge morava, e que não contassem a ninguém para onde iria, muito menos para Fabiana e Luiza. A cidade ficava bem distante. Lá, poderia se manter afastado dela e esquecê-la. Entrou em contato com Tonico, que não sabia de nada, e disse que iria passar dois anos fora. Pediu-lhe que não falasse a ninguém sobre o seu paradeiro. Tonico pediu explicações, ele disse que tinha tido um problema com uma mulher casada e iria embora para evitar complicações. Partiu na semana seguinte para não voltar durante dois anos.

Luiza tentou falar com Tinho de todas as maneiras, mas estava proibida de sair de casa e não podia usar o telefone. Não conseguia entender o que se passava. Tentou falar com o pai, que se exasperou e disse, indignado, que a estava protegendo. Sua mãe nem quis falar com ela direito, dizendo:

— Seu comportamento é de uma pessoa desequilibrada. Estamos muito preocupados com você!

Luiza ficou apavorada. Chegou a achar que os pais iriam interná-la em algum sanatório, eram capazes disso. Quando relaxaram a vigilância, um mês havia se passado. Ela procurou por Tinho em todos os lugares possíveis. Finalmente foi até sua casa, mas não foi recebida. Teresa tentou atendê-la, mas Carlos impediu, tinham prometido ao filho que agiriam assim.

Foi obrigada a aturar Fabiana e as visitas semanais de Claudio. O ano letivo recomeçou e Tinho não estava mais lá. Seu sofrimento era difícil de se medir. Perdeu peso a ponto de ficar doente, foi internada em um hospital e tentaram uma superalimentação. Ficou sem menstruar durante meses. Mudou de personalidade. Ficou triste e amarga, e passou a zombar de Fabiana e Claudio quando os pais não estavam presentes. Antes, seria incapaz de uma atitude dessas.

Um ano se passou e Tinho não apareceu. Havia somente o nada, silencioso e gelado.

Começou a sentir falta da natação. Aos poucos, voltou a nadar, ficou bonita de novo. Passou a se preocupar com sua situação como mulher. Havia sido amante de Tinho, e agora, ninguém iria querê-la. Somente Claudio era ambicioso o suficiente para ficar com ela. Arquitetou um plano que incluía o casamento com ele e em seguida a expulsão definitiva de Fabiana da sua vida. Uma vez casada, tudo mudaria. Mas rezava para que Tinho voltasse e ela lhe pudesse explicar tudo. Ele havia jurado protegê-la, sabia que cumpriria a palavra. Conseguiu tocar a vida com essa esperança lhe dando forças para enfrentar o desprezo que tinha por Claudio. O namoro deles era só de fachada. O rapaz estava interessado somente na sua situação financeira, e isso lhe dava um certo alívio.

O segundo ano se passou. Houve a formatura e Tinho não apareceu. Não era mais possível evitar o casamento, Rodrigues fazia questão de que fosse em julho. Tudo estava perdido!

Tinho pegou o trem para a costa, onde ficava a casa de seu tio Jorge. Seus pais ficaram de arrumar sua transferência para a nova faculdade. Nenhuma escola o rejeitaria, seria uma honra ter mais um Silveira no estabelecimento, ainda mais sendo um rapaz tão inteligente. Pegou uma cabine só para ele, não suportaria a companhia de outras pessoas. Seus pensamentos estavam caóticos. As coisas iam e vinham desordenadamente. Via o rosto maravilhoso de Lu na sua frente, ela sorria aquele sorriso lindo, e se beijavam apaixonadamente. Não entendia os seus sentimentos. Agora a amava ainda mais do que antes. Como podia ser? Será que aquilo havia acontecido de verdade? Chorava, sem conseguir se controlar.

Ela lhe havia escapado sem maiores explicações. Parecia tão sincera, quando falava de seu amor por ele. Tinha sido tão sua! Gritou de ódio e desespero. Viu as imagens de Fabiana e Claudio, os dois sorriam, não, eles davam gargalhadas quando olhavam para ele! Começou a socar a parede da cabine até que a dor e o sangue o fizeram parar. Chorou até não ter mais lágrimas. Ainda ficou soluçando em espasmos por um tempo, depois dormiu pesadamente.

No dia seguinte, pediu o café na cabine. O cabineiro se assustou com a sua aparência e o estado de sua mão, perguntou se precisava de alguma coisa. Tinho o olhou tristemente, e disse:

— O que eu preciso ninguém mais pode me dar.

Deu uma boa gorjeta ao rapaz e pediu que o avisasse quando estivessem perto do seu destino.

Ao chegar à casa dos tios, foi recebido com alegria, mas por mais que se esforçasse, não conseguiu sorrir. Os tios ficaram impressionados com sua palidez e a perda de peso. Sempre um rapaz tão forte e alegre, aquilo era de dar pena. Mas foram discretos, não perguntaram nada. Deixaram que se instalasse e ficasse sozinho em seu quarto. Quando os primos Paulo e Flavia chegaram, e perguntaram animados por Tinho, foram chamados a um canto e avisados para não o aborrecerem. Que dessem tempo ao tempo, até que o primo melhorasse. Carlos e Teresa haviam telefonado e conversado por alto com Jorge e Ana Maria sobre o caso do filho, e tudo foi feito para que o rapaz se sentisse em casa.

Tinho saía bem cedo para passear na praia e às vezes, quando voltava, já era tarde. Ficava vagando por lá, comia um peixe em alguma cabana de pescador. Aos poucos, começou a conversar com o tio, de quem gostava muito, mas não havia alegria nas suas conversas. Falava do mar, do tempo e da má sorte das pessoas. Filosofava sobre a vida. Dizia que, por mais que as pessoas se esforçassem, o destino as estava esperando em alguma esquina com alguma surpresa desagradável. À noite, os tios o ouviam chorar e balbuciar lamentos. Era uma coisa muito triste, ver aquele rapaz sofrer tanto assim.

Mas, aos poucos, Alberto foi se alimentando melhor. Começou a correr e a se exercitar. Às vezes, quando estava com os primos, até sorria. O viço retornou já perto do início das aulas. Voltou a se dedicar à música e se preparou para enfrentar a faculdade. No primeiro dia de aula, quando Alberto entrou, o silêncio foi geral. Estava mais bonito do que nunca, muito moreno, forte, com os cabelos dourados pelo sol e os olhos azuis ainda mais aparentes. Foi uma comoção entre as moças, que ficaram extasiadas ao vê-lo.

Ele, como sempre, foi sentar-se perto das janelas. Estava sério, algo realmente havia mudado. Quase não sorria mais, estava sempre com o olhar triste. Durante o intervalo das aulas, ficou sozinho, distraído, olhando para fora. Não tentou conversar com ninguém nem olhou para nenhuma das colegas. O dia transcorreu normalmente, e, quando saiu, os colegas comentaram que deveria ser muito rico, pois ligou seu Jaguar esporte e foi embora.

No dia seguinte, antes de as aulas começarem, era o assunto da turma. De onde teria vindo? Por que a transferência assim, no meio do curso? E aquela tristeza toda? Algumas das meninas começaram a imaginar um milhão de coisas. Qual seria o segredo dele?

Alberto entrou na sala do mesmo jeito. Alguns colegas tentaram entabular conversa, mas não tiveram sucesso. Ele foi delicado, mas extremamente lacônico. Havia, simplesmente, perdido o interesse nas pessoas. Continuou a ignorar as colegas, e todas ficaram decepcionadas. A única coisa que perceberam é que era extremamente atencioso com os funcionários e os professores.

Viram-no, certa vez, ajudar um dos contínuos com uma carga pesada. Também pegava prontamente qualquer coisa que as meninas deixassem cair no chão e a devolvia com delicadeza, mas nunca sorria, e só falava o estritamente essencial.

Ficaram muito espantados quando ele foi obrigado a falar na frente da turma, apresentando um trabalho. Foi eloquente e brilhante, os olhos do professor cintilavam de prazer e orgulho. Quando as notas das primeiras provas chegaram, a curiosidade se intensificou. Naquela época, a nota máxima era 100, e todas as notas de Alberto eram máximas. O falatório aumentou ainda mais. Alguns colegas continuaram tentando fazer amizade, mas o resultado era sempre negativo. Ele era gentil, mas permanecia distante. Uma vez foi visto conversando com uma das professoras estagiárias. Saíram juntos, entraram no carro dele e foram embora. Isso se repetiu algumas vezes, até o término do estágio da professorinha. Para ela, ele até sorria, mas o sorriso era triste. Não se falava de outra coisa.

Alberto se sentia muito só, e tinha suas necessidades de homem. Teve uma relação com a estagiária, se encontraram várias vezes para fazer sexo. Ele sabia que ela era noiva e voltaria para sua cidade após o estágio, que duraria seis meses. Tinham simpatia um pelo outro, mas não se amavam. Ela não conseguiu resistir ao charme dele, e, para ele, foi uma maneira de esquecer um pouco o seu drama. O sexo aliviava aquela sensação de vazio com a perda de Luiza. Ainda a amava como antes, e era extremamente doloroso pensar nela nos braços de outro. Decidiu que só se relacionaria com mulheres mais velhas que ele, e, de preferência, já comprometidas. Pode parecer estranho que isso ocorresse naquela época, mas, desde que o mundo é mundo, sempre foi assim: as mulheres não conseguem resistir ao charme de um homem como Alberto. A sorte delas é que ele era extremamente atencioso e discreto.

Aos poucos, foi se sentindo melhor e passou a sair frequentemente com os primos. Flavia começou um namoro e deixou o caminho livre para que Alberto e Paulo dessem suas escapulidas. O primo era também um rapaz vistoso, fazia sucesso com as mulheres. Alberto, entretanto, nunca misturou as coisas. Pediu ao primo para não saírem juntos quando saíam com mulheres. Iam aos lugares, faziam separadamente suas conquistas, e, depois disso, era cada um por si.

Entrou em um círculo vicioso de relacionamentos puramente sexuais, mas nunca deixou que ninguém soubesse de suas conquistas. Fazia tudo com a maior discrição. Era muito sincero com as mulheres, e estas, como eram comprometidas, nunca lhe causavam problemas. Obviamente, algumas se apaixonavam, mas sem maiores consequências, não conseguiam ficar zangadas com ele, que era sempre muito delicado.

Foi por essa época, durante um jantar com os tios e primos, que Alberto pediu que não o chamassem mais de Tinho. Explicou que lhe trazia más recordações, sofria com isso. Já havia pedido o mesmo a seus pais. Permitiu que somente Tonico, mais tarde Alice e outras duas pessoas, o chamassem pelo apelido. "Tinho" era aquele rapaz que se entregara para Lu de corpo e alma, e esse rapaz não existia mais, ficava guardado dentro do seu coração, somente para a mulher que morava ali dentro: Luiza, com quem sonhava frequentemente. Ficava muito triste no dia seguinte, e seus primos e tios aprenderam a lidar com isso. Simplesmente o deixavam ficar sozinho.

Quando terminou o terceiro ano letivo, Tonico, velho conhecido da família e muito querido por todos, veio visitá-lo por um mês. Os dois não tinham segredos, mas Tonico sempre deixava Tinho à vontade para contar as coisas quando quisesse, e como o amigo se manteve calado quanto ao motivo de sua fuga, deixou aquilo para lá. Saíram muito, foram inúmeras vezes à praia, jogaram tênis no clube local e deixaram pelo caminho muitas garotas apaixonadas. Ao se despedir, Tonico o abraçou, e lhe segredou:

— Sempre estarei ao seu lado. Morro por você, e sei que você faria o mesmo por mim. Se houver alguma coisa que eu possa fazer na terrinha, não deixe de me dizer. Sinto saudades, espero que essa loucura passe e que possa te ver logo de volta.

Ficaram abraçados por um tempo e Tonico partiu. Alberto ainda ficou na estação após a partida do trem. Muito de sua vida havia sido compartilhado com o amigo, e sentia muito a falta dele.

Pensou em Luiza junto com eles, em sua cidade, se tudo fosse diferente. Mas a vida lhe negara essa felicidade, e não sabia se poderia ser feliz de novo.

Os pais vieram visitá-lo por duas semanas. Carlos não podia se afastar muito dos negócios, e Teresa tinha suas atividades filantrópicas. Foi muito alegre a estada deles, a não ser por uma conversa que Alberto teve com a mãe. Foram passear na praia para terem alguma privacidade, e ele perguntou por Lu. Ela contou tudo que sabia: Luiza havia tentado contato, mas eles tinham seguido suas instruções. O namoro continuava, os dois eram sempre vistos juntos no clube. Alberto perguntou se ela achava que Luiza tentara o contato para dar alguma explicação. A mãe respondeu que não tinha certeza, porque ela nunca mais tentara de novo, mas o fato era que Luiza mantinha a relação com Claudio, que havia sido promovido a diretor da firma do Rodrigues. Perguntou ao filho se queria que ela a procurasse. Ele ficou calado por longo tempo, e depois respondeu, com os olhos cheios d'água, que estava claro, com a promoção de Claudio, que ele não tinha mais lugar no coração de Luiza. Voltou a dizer que não entendia a atitude dela, nunca havia sido enganado desse jeito. Lembrou seu olhar de paixão. Ficou quieto de novo, e disse:

— Talvez tenha sido somente atração física, e eu, apaixonado, fiquei cego para a verdade. Não reparei nos sinais. Ela nunca quis que eu falasse com o pai dela, nunca me deixou chegar perto de Fabiana. Estava sempre perto de Claudio lá no clube. Como pude ser tão ingênuo?

A mãe o abraçou:

— Ninguém é infalível, meu filho. Essas coisas acontecem, quantas vezes eu me enganei com as pessoas na vida...

Ele começou a chorar, e assim ficou por um longo tempo. Quando se acalmou, disse:

— Continuo louco por ela. É um amor tão forte, que perdi a vontade de ter qualquer outro relacionamento amoroso no futuro. Saio com mulheres só para me relacionar fisicamente, mais nada. Fiquei seco por dentro. Não consigo nem mais me relacionar com os colegas de turma — parou um pouco, respirou fundo.

— Procuro mulheres mais velhas, já comprometidas, e o sexo com elas é a única coisa que me dá alguma paz. Desculpe, mãe, por eu ter que lhe dizer isso.

A mãe ficou com os olhos cheios d'água, o abraçou ainda mais forte e disse:

— Sofro por você, meu filho. Gostaria que as coisas tivessem sido diferentes, mas nunca perca a esperança no futuro. O tempo apaga tudo. Você vai, aos poucos, esquecer essa moça, e alguém aparecerá para tomar o lugar dela.

O resto da visita transcorreu normalmente. Quando se despediram, Alberto notou que a mãe estava triste. Abraçaram-se muito, e ele ficou acenando à medida que o trem se afastava.

Com o tempo, Alberto foi ficando mais tranquilo e mudou seu comportamento. Começou o último ano, havia muitos trabalhos de grupo, e os colegas puderam usufruir de sua agradável companhia. Estava mais sorridente, voltou a conversar normalmente. As colegas ficavam mortalmente caídas por ele, que, no entanto, mantinha distanciamento, deixando-as desoladas. Comparecia às festas da turma, dançava com elas, mas não passava disso. Muita gente dizia que ele tinha amantes mais velhas, mas ninguém conseguiu provar.

O amor por Lu permanecia, mas já não doía. Começou a pensar no retorno à sua cidade, após a formatura, escreveu para os pais sobre a vontade de voltar. Formou-se em maio, e se preparou para voltar no fim de junho. Tinha assuntos pessoais a resolver, a mulher com quem estava só iria embora nessa época. Aproveitou os quase dois meses de folga para se preparar para o exame da Ordem, a que se submeteria logo que chegasse em casa. No final de junho, despediu-se de todos e tomou o trem de volta à cidade natal. Foi recebido pelos pais, radiantes com sua volta.

Alberto estava contente por rever tudo, e foi para o telefone avisar a Tonico que já estava na terrinha. Este avisou que só poderia visitá-lo no dia seguinte, porque estava de plantão. Já não sofria mais com a ideia de ver Luiza com Claudio, mas ficou no quarto pensando em como enfrentaria a situação. A saudade estava escondida em algum lugar do seu coração. Aproveitou o dia para visitar os lugares de que gostava. Foi ao rio, sentou-se no banco perto do salgueiro e se sentiu bem. Depois foi ao parque onde passeava com Luiza e deu uma longa volta pelas alamedas. Ficou contente com seus sentimentos, nada mais parecia afetá-lo.

Quando chegou na casa do tio, entretanto, não conseguiu entrar. Ficou parado na porta e sentiu uma tristeza enorme. Ali havia amado tantas vezes, e com ardor, a única mulher que realmente fizera diferença em sua vida. Sentou-se na escadaria frontal e chorou muito, levou um longo tempo para se recuperar. Pegou seu carro e voltou para casa. Estava alegre quando chegou, beijou os pais e foi para seu quarto tomar um banho. Estava cansado. Jantou animado, conversou muito com os pais e foi dormir cedo.

Teresa e Carlos foram para a biblioteca, fecharam a porta e começaram a conversar. Contariam ou não que Luiza estava para se casar dali a uma semana? Acabaram por decidir que não falariam nada, não viam necessidade de atormentá-lo. Foi o maior erro que cometeram em suas vidas.

No dia seguinte, Tonico chegou para o almoço. Tinha dormido a manhã inteira e já estava recuperado do plantão. Ele e Alberto conversaram muito, puseram os assuntos em dia. Mais tarde saíram para tomar uma bebida e olhar o movimento. No bar não havia um só conhecido, Alberto comentou. Tonico lhe disse que a cidade estava crescendo muito, e se modernizando, tanto física quanto socialmente. Isso era bom, porque as oportunidades também estavam crescendo, exponencialmente. Lembrou-se então de dizer a Tinho que teriam que ir a um casamento no sábado seguinte. Ele estava com uma nova garota e a prima dela iria se casar, era uma boa oportunidade para conhecer novas mulheres.

Tinho sorriu, disse que iria. Gostava das festas de casamento porque as mulheres ficavam vulneráveis. Tonico deu uma gargalhada:

— Preparem-se, mulheres! O garanhão-mor chegou à cidade!

Beberam até tarde, e quando Alberto chegou em casa, todos já estavam no sétimo sono.

A semana transcorreu sem maiores problemas. Alberto não

saiu de casa, porque estava estudando para sua prova. No sábado de manhã, fez sua rotina habitual e se preparou para o casamento, que era cedo, seguido de uma festa com almoço e muita dança. Ao sair, os pais perguntaram aonde ia. Disse-lhes apressado que tinha um compromisso com Tonico. Saiu rapidamente, sem que os pais pudessem interpelá-lo.

Carlos e Teresa ficaram preocupados. Seria o casamento de Luiza? Não era possível, ele estava tão alegre quando saiu... Não, bobagem pensar nisso. Ele certamente estava indo para outro lugar.

Tonico chegou antes de Tinho, gostava de ficar do lado de fora para fumar à vontade. Naquela época, era comum que os médicos fumassem. Além do mais, Tonico era somente um acadêmico do último ano, só começaria o internato no ano seguinte. Quando Alberto chegou, a igreja já estava repleta. Como não conhecia a noiva, preferiu ficar do lado de fora com Tonico, cuja namorada veio procurá-lo e lhe foi apresentada. Disse ao namorado que deveriam entrar. Tonico disse que ele e Alberto ficariam mais um pouco, até a noiva chegar, e pediu que guardasse um lugar para os dois. Alberto reconheceu algumas pessoas, mas não relacionou os fatos.

A limusine chegou, e Alberto, apavorado, viu o Dr. Rodrigues saltar, dar a volta e abrir a porta para Luiza. Ela estava mais linda do que nunca! Tomado de pânico, ainda conseguiu reparar que ela não sorria, e tremia muito. Os olhos negros belíssimos estavam vermelhos.

Luiza não o viu. Entrou na igreja de cabeça baixa e desapareceu de sua vista ao som da marcha nupcial. Ele começou a tremer e a chorar convulsivamente. Sentiu uma enorme ânsia de vômito e vomitou repetidamente, ali mesmo. Tonico afastou-o dali sem saber muito o que fazer, ignorava o que estava acontecendo. Gritava:

— Alberto! Alberto! O que está se passando, meu amigo?

— Meu Deus! É ela! Meu Deus! É ela! Meu Deus! É ela!...

— Tinho dizia, repetidamente. Chorou intensamente durante muito tempo, não conseguia parar.

Tonico ficou a seu lado tentando consolá-lo, já adivinhando que tudo que havia acontecido com o amigo se relacionava a Luiza, prima de sua namorada. Esperou que ele se acalmasse um pouco e perguntou:

— Você foi embora por causa dela, não foi?

Tinho fez que sim com a cabeça.

— Vamos nos sentar num banco para você descansar um pouco e me contar o que está acontecendo — disse Tonico. — Só posso ajudá-lo se me disser o que houve.

Tinho contou sua versão, com todos os detalhes. Tonico ouviu tudo com calma e, no final, comentou:

— Há algo de errado nessa história. Eu nem sabia que você conhecia a Luiza. Por que escondeu isso de mim?

— Eu tinha que protegê-la. Você entende?

Tonico ficou pensativo. Reunia forças para dizer ao amigo que esse negócio de Claudio e Luiza terem um caso de longa data era uma mentira deslavada. Ele conhecia Claudio muito bem, tinha certeza de que ele nunca havia nem tocado em Luiza, talvez nem tivesse conversado com ela. Sabia, sem sombra de dúvida, que Luiza sentia repulsa pelo rapaz, porque uma vez a ouvira dizendo isso a Fabiana. Essa víbora, sim, é que era amiga do Claudio. E tinha mais uma coisa: sua namorada havia lhe dito que Luiza confessara detestar os dois, o Dr. Rodrigues é que estava forçando o casamento.

— Você, meu amigo, tem que entrar agora nessa igreja e terminar com essa farsa! — disse, exasperado.

Tinho ouviu tudo com o coração em pedaços. Havia abandonado Luiza nas mãos daqueles cretinos. Não cumprira a promessa de protegê-la, e ela precisou enfrentar tudo aquilo sozinha. Não podia nem imaginar o sofrimento dela naqueles dois anos em que tinha estado fora. Tonico gritou para ele:

— Vamos logo acabar com isso! Eu te apoio, nem que tenhamos que brigar com a igreja inteira.

Os dois se levantaram num salto e correram para a escadaria, mas justo naquele momento o "Magnificat" começou a tocar. Tinho olhou confuso para o amigo:

— A cerimônia terminou, estão casados! — seu olhar era

de um desespero tão grande que Tonico não pôde suportar, virou a cabeça para não ver.

Tinho repetia:

— Estão casados! Estão casados! Estão casados!...

As pessoas começaram a sair da igreja, formaram um corredor para esperar a passagem dos noivos e das famílias. Tinho não conhecia quase ninguém. O relacionamento deles fora tão secreto que não tivera a oportunidade de conhecer nenhum parente de Luiza.

Os noivos apareceram. Luiza estava pálida, sem um sorriso, e o noivo com aquela cara de idiota! Tinho experimentou por ele um desprezo profundo, e um ódio como nunca havia sentido. Tonico o segurou pelo braço:

— Controle-se. Agora é tarde. Espera um outro dia para resolver isso. O casamento pode ser anulado.

Tinho o olhou como um louco:

— Não posso suportar a ideia de vê-la nos braços dele.

As pessoas jogavam arroz no casal e gritavam saudações. Tinho se adiantou um pouco até o início da escadaria e Luiza pôde vê-lo. Durante o resto de sua vida não poderia esquecer sua expressão de angústia. Claudio também o viu, e tentou segurá-la, mas ela se desvencilhou dele e correu na direção de Tinho. Os dois se abraçaram com força, e ela disse:

— Ah, Tinho! Por que você não veio me salvar antes?

— Não sabia de nada até hoje, Lu! Pensei que era tudo vontade sua. Que idiota eu fui! Não cumpri minha promessa! — ele respondeu, desesperado.

Claudio, covarde como era, não sabia o que fazer. O Dr. Rodrigues, que vinha logo atrás, correu para afastar a filha dali, mas Tonico se postou na sua frente e o impediu. Ninguém entendia o que se passava. O Dr. Rodrigues, então, falou:

— Estão casados. Não há nada que você possa fazer. Largue-a, ou chamarei a polícia.

Os parentes correram para acudir Rodrigues. Tonico pediu ao amigo que deixasse Luiza, porque aquela confusão só iria piorar a situação. Naquela época, o marido tinha poderes de polícia sobre a esposa.

Tinho, com relutância, se separou do amor de sua vida. Os dois ficaram se olhando enquanto ela entrava no carro destinado ao casal. Não tirou os olhos dele até o carro se afastar bastante. Tinho, então, olhou para Rodrigues com todo o ódio que tinha dentro de si. Apontou a mão direita com o indicador esticado e ficou sinalizando para ele, dando a entender que se vingaria. O pai de Luiza ficou muito assustado. Tinho disse ao amigo:

— Tonico, tenho que sair daqui — e foi embora a pé, deixando seu carro para trás.

A namorada de Tonico chegou-se a ele e disse que sua família não estava entendendo nada do que se passara. Ele prometeu que oportunamente lhe contaria a canalhice que o cretino do Rodrigues havia aprontado com seu amigo. Rodrigues esperou Fabiana chegar e lhe disse:

— Você mentiu para mim! Ficou evidente que Luiza gostava de Alberto, não de Claudio! Agora não sei o que esperar da família Silveira, eles são poderosos, certamente se vingarão de mim. Nunca mais apareça na minha frente, nem na frente da minha filha ou de Claudio. Você está banida do nosso círculo de relações, farei com que seja expulsa do clube e dos outros lugares que frequentamos!

Tinho andou a esmo durante horas. Não conseguia coordenar os pensamentos. Estava tudo misturado: o amor que sentia por Lu e o ódio pela pessoas que lhe tinham feito tanto mal. Por fim, virou a esquina e viu o muro com o portão de ferro...

Capítulo 2
Alice

Alberto acordou alegre, por volta das oito da manhã. Tivera bons sonhos. No último, Alice estava ao seu lado, balançava as perninhas e sorria muito. Tinha colocado sua mão sobre a dele e batia os dedinhos de leve nos seus — era sua maneira de dizer que o amava. Estava muito alegre, e dava aquele risinho todo especial, que só as crianças sabem dar: começa agudo, num "Hi, hi, hi..." e termina progressivamente mais grave, num "Ha, ha, ha...". Sempre sorriem com o corpo todo, jogando a cabecinha para trás. Os adultos, por mais que se esforcem, não conseguem dar uma risada gostosa assim. Aquele era o som de que Alberto mais gostava. Conversavam sobre bobagens. Tinham visto um menino tirando meleca do nariz, "limpando o salão", como se falava antigamente, e Tinho disse que ia fazer uma festa no próximo aniversário dela lá, naquele salão — ele sempre falava essas asneiras para ela. Ela fez aquela carinha de nojo, ficava linda assim, e deu uma gargalhada. A gargalhada ecoou e se juntou a algum som que vinha de fora do sonho, e ele acordou. Ficou ainda ouvindo aquela risada por um bom tempo. Abriu os olhos e ficou mirando o teto, lembrando-se dela. As memórias, que não precisam necessariamente se submeter a um encadeamento no tempo, foram se sucedendo, até chegar àquele dia em que se conheceram...

Alberto estava sentado no banco. Tentava se acalmar, mais ainda caía em prantos intermitentemente. Por mais que se esforçasse, os pensamentos não encontravam um caminho lógico. Os sentimentos, poderosamente, ocupavam todo o espaço possível. Sempre são mais fortes que a razão. Na verdade, boa parte das vibrações que correm o mundo vem do conjunto dos mais variados sentimentos misturados a uma pitada de razão. Não sei como seria o mundo se o contrário fosse verdade; talvez extremamente enfadonho, ou perigoso. São as pessoas que não têm sentimentos que provocam as desgraças que a humanidade tem produzido para si própria.

Esforçava-se para entender a razão de tudo que havia acontecido. Tinha sido tão feliz aqueles dois anos com Luiza... Por que lhe haviam tirado aquilo? Nunca fizera mal a ninguém. Teriam sido um erro todos aqueles casos que tivera? Nunca fizera ninguém infeliz, nem uma sequer das moças o havia procurado para se lamentar. Todas ficavam satisfeitas com o relacionamento, continuavam simpatizando com ele e lhe diziam isso, quando se encontravam. Não havia um amor duradouro envolvido, só amor de cama, sexo. Elas simplesmente não resistiam à sua beleza e charme, queriam se deitar com ele. Sempre tinha evitado as que poderiam se apaixonar, ficava somente com as que o desejavam para um relacionamento rápido.

Até conhecer Luiza, nunca havia se apaixonado. Nutrira bons sentimentos por todas, seria incapaz de se envolver com uma mulher somente pelo prazer. Desejava que em todas as vezes houvesse uma troca de sentimentos, abominava o pensamento de poder usar alguém como objeto. Jamais fora a um prostíbulo ou a um cabaré, achava isso grosseiro. Além do mais, o assédio das mulheres era tanto, que ele jamais necessitaria disso. Por que havia sido arrancado de Luiza daquela maneira? Ela, que era todo o amor que poderia existir para ele, estava agora com outro homem, e isso lhe dilacerava a carne. O desespero era maior do que podia suportar. Tinha certeza, agora, de que ela ainda o amava como naqueles dois anos, ao contrário do que pensara antes. Quanta tapeação, meu Deus!

Subitamente, ouviu aquela voz de criança lhe perguntar:

— Moço, por que você está chorando?

Custou a enxergá-la. Precisou esfregar os olhos cheios de lágrimas para ver aquela menininha linda na sua frente, cabelos muito lisos, ruivos, a pele rosada, sem as sardas esperadas, os olhos tão azuis como jamais vira iguais.

— Moço! Por que você está chorando? — ela repetiu.

— Porque estou muito triste — ele respondeu.

— Triste por quê? — ela insistiu, e ficou olhando para ele com aquele par de faróis, era isso que seus olhos pareciam, dois faróis.

— Perdi uma pessoa que eu amava muito — disse, com a voz falhando e um nó na garganta.

— Ela foi morar com os anjos?

Ele olhou para a menina e adivinhou que algo tinha acontecido a ela.

— Você também perdeu alguém, menininha?

— Meu nome é Alice — ela respondeu.

— Você não respondeu à minha pergunta — insistiu.

— Meu papai... foi morar com os anjos — respondeu ela, fazendo um biquinho.

Ele ficou emocionado, voltou a chorar um pouco.

— Não chora, não! — ela pediu. — Fico triste quando alguém chora. Minha mãe chorava muito por causa do meu pai, mas ele nunca mais voltou. Está morando com os anjos, lá no céu — disse, apontando para cima.

— Quando foi que o seu pai foi embora?

— Eu tinha três anos — e mostrou três dedinhos.

— E agora, quantos anos você tem?

Ela mostrou seis dedinhos, três em cada mão.

— Seis anos, Alice? Está ficando uma mocinha!

— É, estou sim — disse, balançando a cabeça afirmativamente. — Mas você não me disse se a pessoa foi morar com os anjos que nem meu papai.

Ele sorriu e disse que não, era sua namorada, tinha ido embora.

— Vocês brigaram? — perguntou Alice.

— Brigamos um pouquinho — ele respondeu, tristonho.

— Por que você não vai lá e dá um beijo nela? Aí ela volta pra você — falou Alice.

— Vou ouvir seu conselho — respondeu.

— Como é seu nome? — perguntou a menininha.

— Eu me chamo Alberto, mas meus amigos me chamam de Tinho.

Ela deu uma risada, disse que o apelido dele era engraçado.

— E o seu apelido, como é?

— É Lilica — Alice respondeu com um sorriso.

— É muito bonito esse apelido. Posso te chamar de Lilica?

— Se você for meu amigo, pode. E eu, como vou te chamar? Tio Tinho? — deu uma risada, disse que ficava esquisito, "Tio Tinho". E ficou, entre risadas, repetindo várias vezes: — Tio Tinho! Tio Tinho!

Ele disse que entre amigos não havia isso de "tio", para ela chamá-lo só de Tinho. Ela disse que faria isso. Depois, pediu a ele que pegasse sua bola, que havia caído na cerca viva. Contou-lhe que sua mãe não a deixava chegar lá perto. Tinho se voltou e viu que a cerca era toda de coroa-de-cristo, uma planta com espinhos e venenosa. Levantou-se, e tirou a bola com ajuda de um graveto. Verificou que era toda coberta de desenhos de palhaços, e disse para Alice que a bola era muito bonita. Ela respondeu que era presente de sua mãe. Justamente nesse momento, a mãe de Alice se aproximou:

— Ela está lhe dando trabalho?

— Não, de maneira alguma — ele respondeu. É uma menina muito inteligente e alegre.

A mãe se apresentou, chamava-se Bernadete. Disse para a filha:

— Vamos, Lilica, já está na hora. Despeça-se do seu amigo.

Alice acenou para ele:

— Tinho, obrigada por pegar a bola — e foi embora falando: — Ele não é bonito, mãe?

Bernadete se virou para Tinho, sorriu e deu de ombros, como se dissesse que a filha não tinha jeito. Ao chegar perto das amigas, perguntou se conheciam o rapaz. Uma delas reconheceu

Alberto, disse que era Alberto Silveira, um dos homens mais ricos e cobiçados do país. Bernadete se disse aliviada, porque tinha ficado com medo ao ver Alice falando com um estranho.

Começou a entardecer e quase todas as pessoas foram embora. Alberto ficou com seus pensamentos. Estava mais calmo após o encontro com Alice, e pensou: *Que menininha poderosa!* Tentou ordenar as coisas. Não sabia como deveria reagir quando Luiza voltasse, depois de ficar quase dois meses fora, e com outro homem. *Se deitaria com ele...* — apertou os olhos para afastar o pensamento, e ficou algum tempo respirando fundo, para se acalmar novamente. Precisava traçar um plano para sua vida. Aguardaria Luiza voltar e veria como ficaria o relacionamento. Não sabia como se comportaria, com ela casada. Já havia se deitado com outras mulheres casadas, mas não as amava. Pensou que precisava organizar seus negócios e passar na prova da Ordem. Achava melhor montar um escritório de advocacia. Poderia se tornar mais influente na cidade. Transformaria seu empreendimento no melhor do país, tinha inteligência e dinheiro suficientes para isso. Iria morar na casa do tio, onde costumava se encontrar com Luiza. Talvez fizesse uma proposta de compra a ele, que parecia não querer mais voltar do estrangeiro. Teria que haver um confronto com seus pais, inevitável, uma vez que certamente tentariam se opor à sua ideia de ficar só. Estava ressentido com eles também. Precisava ficar sozinho para arquitetar sua retaliação contra os que tanto mal lhe haviam feito.

A tarde começou a cair, e o pôr do sol foi lindo. Voltou a sentir alguma esperança com relação ao futuro.

Quando chegou em casa, já era noite. Seus pais o esperavam para conversar. Tonico havia passado por lá e contara o que tinha acontecido, que não sabia de nada e tinha levado o amigo justamente para o casamento de Luiza. Descreveu o bafafá na saída da igreja e o sofrimento dos dois, Luiza e Tinho. Procurava pelo amigo, que saíra de lá alucinado, e a pé. Estava preocupado com ele.

Teresa chorou muito ao tomar conhecimento da atitude de Luiza. Olhou para Carlos e disse a ele que tinham cometido o maior erro de suas vidas não falando com Luiza e não informando Alberto sobre o casamento. Sabia que ele nunca os perdoaria.

Tinho entrou em casa todo desarrumado. Nunca ficava assim. Olhou para eles com o olhar triste e tomou o rumo do quarto, no segundo andar. Sua mãe e seu pai correram atrás, tentaram falar com ele. Ele os interrompeu, disse que não havia mais nada para conversarem. O mal estava feito e sacramentado, alguém sempre saía prejudicado com mentiras. Nesse caso, tinha sido ele, que, irremediavelmente, perdera o que lhe era mais caro no mundo. Disse-lhes que nunca havia mentido para ninguém, e sua recompensa tinha sido essa. Não podia nem imaginar o que Luiza deveria estar passando agora, mas mãos daquele patife. Disse ainda que cabeças iriam rolar, porque seria impiedoso com aquelas pessoas que tinham armado o complô contra ele e Lu. Possuía o poder para transformar a vida delas num inferno. Por último, disse que nunca seria capaz de desrespeitar seus pais, mas não saberia mais conviver com eles sem ressentimentos. Iria embora o mais breve possível, para evitar que brigassem. Pedia-lhes que o perdoassem por ter que tomar essas atitudes, ainda os amava, mas sua decisão era definitiva.

Tomou um longo banho, deitou-se na cama, teve uma leve e boa lembrança de Alice e depois ficou pensando que teria que ser forte para executar o que tinha em mente. Não poderia se dar ao luxo de fraquejar ou ser condescendente. Esmagaria aquelas pessoas sem piedade, e para fazê-lo usaria de todos os recursos, mesmo os mais vis.

***

Alberto acordou cedo. Olhou para a janela e notou que o dia seria ensolarado. Levantou-se da cama com dificuldade e abriu a cortina levemente, apertando os olhos por causa da claridade. Viu aquele céu azul lindo e pensou: *Preciso ir ao parque. O dia está lindo, e há muito tempo não vou lá.*

Pegou o telefone secretamente e fez uma ligação. Toda vez

que ia lá era um problema. Não queria que as pessoas soubessem do lugar. Chamou dona Ângela e lhe disse, incisivamente, que telefonasse para o Cristiano. A enfermeira já conhecia aquele olhar, sabia que não adiantaria discutir. Foi rapidamente cumprir a ordem, ligou para o chofer de táxi que sempre levava o patrão para passear. Não entendia por que ele, nessas ocasiões, não usava seu próprio chofer.

O táxi chegou pouco tempo depois e Alberto já estava preparado para sair. Cristiano pegou pelo braço o velho conhecido e o ajudou a entrar no carro. Não precisou perguntar para onde iriam, já conhecia o seu destino. Pararam em frente ao portão do parque e entraram, indo em direção ao mesmo banco de sempre. Cristiano, nos últimos tempos, sempre trazia uma almofada de assento para que o doutor se sentasse com conforto. Alberto olhou para o motorista e nem precisou dizer nada, ele já sabia que deveria esperá-lo do lado de fora. O doutor já não ficava muito tempo lá, no máximo uma ou duas horas. A saúde não permitia que ficasse mais.

Alberto não esperou nem cinco minutos e ela chegou. Sempre entrava por um outro portão. Ainda era linda! A idade não tinha lhe roubado aquele andar de princesa, muito elegante e esguia. Sorriu aquele sorriso lindo para ele, e Alberto se sentiu tão feliz como da primeira vez em que se encontraram. Sentou-se ao seu lado, se inclinou para ele e lhe deu um beijinho na boca. O gosto dela permanecia o mesmo. Sentiu o seu perfume agradável e ficou com os olhos cheios d'água.

— Sinto tanto a sua falta, minha lindinha! — disse.

Ela colocou sua mão sobre a dele e o acariciou longamente. Não precisava dizer nada. O seu olhar... Ah! Aqueles lindos olhos negros eram o bastante para ele entender o amor que ela sentia. Ficaram olhando o parque por um tempo e depois conversaram. Havia sempre muito a ser dito. Quantas vezes tinham se encontrado naquele parque? Nem sabiam mais. Eram momentos perfeitos, sentiam uma paz tão merecida. Ficavam de mãos dadas, e às vezes se beijavam. Quando Alberto ficava muito cansado, Lu o abraçava apertado, lhe dava um longo beijo e se despediam. Alberto então chamava o zelador, Joaquim, filho do antigo zelador de mesmo nome, e lhe pedia para avisar ao Cristiano que estava pronto para ir embora.

***

No dia seguinte ao casamento, Alberto acordou muito cansado. Sentia dores pelo corpo e seus olhos ardiam. Nunca havia se sentido tão desanimado. O dia anterior fora o pior de sua vida: perdera a sua Lu. Os sonhos que tanto sonhara haviam sido desfeitos, e de maneira tão abrupta e cruel. Foi para o banheiro. Uma ducha talvez lhe desse algum alívio.

Após o banho, sentiu-se melhor. Sentou-se na cama e olhou seu quarto com calma. A noite anterior seria a última em que dormira naquele lugar. Observou atentamente os objetos que por tantos anos lhe haviam feito companhia. Não os levaria consigo. Fora muito feliz ali. Mas tudo aquilo fazia parte do seu passado. Não quis pensar em mais nada. Não podia fraquejar. Chamou Francisco, o rapaz que ajudava na manutenção da casa. Pediu-lhe que fosse ao quarto de guardados e pegasse dois dos maiores baús que encontrasse, e mandasse o chofer preparar a limusine. Arrumou a maior quantidade possível de roupas e livros e mandou levar a bagagem para o veículo. Desceu as escadas sorrateiramente e saiu pelos fundos. Não desejava um novo confronto com seus pais. Haveria tempo, no futuro, para acertar as coisas com eles.

Mandou o motorista seguir para a casa de seu tio. Lá, teria calma para resolver o que vinha pela frente. Além do mais, era seu lugar favorito. Ali passara os melhores momentos de sua vida, junto com a sua Lu.

Ao chegar à casa, resolveu que definitivamente tentaria comprá-la. Como era domingo, teria que aguardar até o dia seguinte para mandar a proposta ao tio. Eram sócios no maior banco do país, mas isso era do conhecimento de poucos. Alberto preferia que as pessoas não soubessem dos seus negócios, era mais fácil transitar pelos lugares dessa maneira. Todos sabiam que era extremamente rico, mas nem ele mesmo sabia qual era o montante total de sua fortuna. Com a ajuda de Francisco, arrumou todas as coisas no seu quarto preferido e dispensou o rapaz, com a recomendação de que empacotasse o resto que deixara, roupas e livros, e trouxesse tudo na segunda-feira. Deu ordens para que o motorista trouxesse seu Jaguar esporte. Ligou para o mordomo da casa dos pais e lhe pediu que providenciasse uma criadagem para ele.

Foi para a biblioteca, abriu as janelas, sentou-se numa poltrona confortável e começou a pensar em seu plano. Teria que se organizar para estruturar sua nova vida. Havia o exame da Ordem no próximo mês. Precisava estudar bastante, para passar nos primeiros lugares. Aquilo causaria uma grande impressão entre os advogados e juízes, vários dos quais já conhecia devido às suas atividades financeiras. Em seguida pensaria numa maneira de arruinar o Rodrigues. Sua retaliação deveria começar por Fabiana, a grande culpada por tudo. Não seria difícil. Complicado seria deixar seus escrúpulos de lado para tratá-la da forma que ela merecia.

Pegou o telefone, ligou para Alexandre e lhe disse que precisavam se ver no dia seguinte, para tratar de assuntos de interesse mútuo. Marcou o encontro em um restaurante onde havia um local discreto para conversarem.

***

Quando Luiz chegou, Alberto assistia a algumas passagens de um filme para o qual deveria compor uma trilha sonora. Abraçou-o, mostrou a ele o que estava fazendo. Era um *thriller*, com muitas passagens dramáticas. Luiz deu algumas opiniões, mas, no geral, concordou com ele. Alberto era um grande músico, ficava difícil melhorar o que já estava muito bom.

Luiz tinha um temperamento difícil. Muito reservado, sempre pensativo, era de trato difícil com a maioria das pessoas, mas com ele era diferente. Admirava-o profundamente, e os dois se davam muito bem. Era muito difícil alguém não se dar com Alberto, sempre gentil, incapaz de interferir com as pessoas. Somente tinha sido duro com aqueles que no passado o haviam prejudicado tão intensamente.

Quando Luiz vinha, os dois passavam horas conversando sobre arte e sobre a vida. Gostavam de filosofar. Tinham opiniões parecidas, sempre chegavam a um denominador comum. Almoçaram e passaram a tarde juntos. No finalzinho do dia, Luiz perguntou o que significavam aquelas peças que Alberto havia lhe enviado por intermédio do Armando. Alberto olhou para ele com muita melancolia, disse que era para guardar segredo. Luiz comentou que as peças eram, certamente, o que de melhor ele havia criado. Eram seis prelúdios para piano e orquestra. Passaram algum tempo discutindo a melhor maneira de interpretá-las. Luiz pediu-lhe que fosse a alguns dos ensaios, para ouvir sua regência e dar opiniões. Alberto disse que não faria isso, teria que negar-lhe o pedido. Confiava plenamente nele e já as ouvira na cabeça. Não queria perder a impressão geral que as peças haviam lhe causado mentalmente. Eram dedicadas ao amor de sua vida, e seriam tocadas somente após sua morte.

Luiz ficou um pouco surpreso. Alberto lhe disse que, quando chegasse a hora, todos entenderiam tudo, e certamente o perdoariam. Despediram-se com um beijo e um longo abraço.

***

Na segunda-feira pela manhã, antes de se encontrar com Alexandre, Alberto foi ao parque. Queria pensar um pouco num ambiente em que se sentisse bem, e mantivesse a cabeça fria. Sentou-se no mesmo lugar e reviu o que deveria conversar com o amigo, durante o almoço. Em seguida iria ao banco, para entrar em contato com o tio pelo telégrafo e resolver o problema da casa. De lá, ligaria para a sua mãe e conversaria com ela. Pretendia estudar o resto da tarde.

Olhou ao redor, para desfrutar da beleza do lugar. Havia canteiros de flores ladeando os caminhos, numa combinação belíssima de tonalidades. Ficou admirado, especialmente, com um cuja parte central era de flores roxas, cercadas por flores amarelas. Havia um grande número de árvores ornamentais, dos mais variados tipos. Os salgueiros chorões eram seus prediletos, e alguns eram enormes. Uma brisa suave amenizava o calor do sol. Fechou os olhos e aproveitou aquele carinho da natureza.

— Oi, Tinho!

Era Alice. Abriu os olhos e a viu. Estava linda, com um rabo de cavalo e um vestidinho azul.

— Oi, Lilica! — respondeu, alegre por vê-la.

— Estou brincando com a minha amiga Dulce — disse ela.

— Onde ela está? — ele perguntou.

— É aquela ali, de vestido vermelho — e apontou para a amiga.

Tinho pediu que ela se sentasse ao seu lado, e perguntou se ela sempre vinha ao parque. Ela disse que sim, vinha todo dia de manhã, porque morava ali perto. Sua mãe Bernadete acenou de longe, e Tinho respondeu. Alice então lhe disse que Dulce tinha um segredo que ela não podia contar. Ele riu, e disse para ela:

— Bom, segredos são para serem guardados.

Ela então lhe perguntou se, no caso de serem amigos, ela podia contar a ele o que Dulce havia lhe confiado, porque era difícil ficar guardando os segredos dos outros. Dava vontade de contar para alguém. Ele riu muito novamente, e disse a ela que, para as pessoas muito amigas, talvez fosse possível contar, e lhe prometeu que não contaria para mais ninguém. Ela, então, falou em seu ouvido, sussurrando:

— Ela gosta do Vitor.

Ele achou tudo muito engraçado, mas se controlou para não rir e ofendê-la. Perguntou:

— E quem é esse tal de Vitor?

— É meu amigo do colégio — ela disse, com seu jeitinho de virar a cabeça para o lado direito quando fazia afirmações.

— Você também tem namorado? — perguntou ele.

— A Dulce é que gosta muito disso, já teve vários. Eu gosto de homens mais velhos — disse ela, muito séria.

Alberto não pôde evitar uma gargalhada.

— Você quer me explicar que história é essa de gostar de homens mais velhos? De que idade?

Ela riu e disse:

— Assim como você.

— Eu sou muito velho para você — disse Alberto com ternura, fazendo uma festinha na cabeça dela.

Ela olhou para ele com aqueles olhinhos muito azuis:

— Eu sei, mas bem que você poderia namorar minha mãe e ser meu pai.

Ele teve que se controlar. Muito emocionado, disse:

— Seu pai está tomando conta de você lá do céu, mas posso ser seu amigo, muito amigo. Assim, posso tomar conta de vocês duas.

Ela sorriu contente:

— Então, está combinado! — saiu correndo e foi brincar com a amiga.

Alberto ficou olhando as duas e sentiu pela garotinha um amor profundo. Pensou que gostaria de ter filhos, imaginou que Alice bem que poderia ser sua filha com a Lu. Mas isso agora estava tão longe! Não conseguia enxergar um futuro com a mulher que amava. Poderiam ser amantes? Não sabia se suportaria essa situação. Ficou muito triste, mas evitou chorar. Precisava ser forte. Acenou para Bernadete, que veio até ele. Ele, então, se apresentou:

— Sua filha é a menina mais linda que eu já vi!

Ela sorriu e disse que concordava. Ele disse que gostava muito da menininha, e se ofereceu para ajudá-las se precisassem de qualquer coisa. Contou o que Alice havia lhe pedido. Bernadete ficou triste, e disse que a menina só falava nele. Ele disse que era muito só, e que a nova amizade com Alice havia lhe dado forças para enfrentar as agruras da vida. Ela olhou para ele, espantada. *Como um homem tão lindo e rico podia estar sofrendo tanto?* Ele notou sua curiosidade, e disse que um dia lhe contaria a sua história. Despediu-se com um aperto de mão e partiu.

Enquanto voltava para seu círculo de amigas, Bernadete ficou imaginando o que poderia estar se passando com ele. Todas fizeram perguntas ao mesmo tempo, querendo saber o que havia se passado entre ela e o milionário. Ela disse apenas que Alberto queria conversar sobre Alice.

— Já está tão íntima que o chama pelo primeiro nome! Isso vai dar casamento! — disse uma das amigas.

Bernadete sorriu, disse que aquilo era uma tolice:

— Sou muito mais velha do que ele.

Na verdade, não era tão mais velha. Tinha vinte e nove anos, e era muito bonita.

Alberto tomou o rumo do restaurante onde encontraria Alexandre, que já o esperava. Abraçaram-se cordialmente e entraram para o lugar reservado.

Tinham sido muito chegados numa época da adolescência, mas Alberto achava o amigo muito leviano, tratava as mulheres com um certo desprezo e as abandonava sem maiores explicações. Foram se afastando paulatinamente, mas nunca tinham brigado, mantinham a cordialidade. Alexandre era muito atraente. Alberto achava que ele tinha um jeito de cafajeste, e era justamente do que precisava. Sabia que o antigo amigo estava com problemas financeiros. Havia herdado do pai um grande negócio de secos e molhados que não ia muito bem, precisava de um dinheiro extra para tocá-lo.

Sentaram-se à mesa e conversaram, inicialmente sobre trivialidades, colocando os assuntos em dia. Alberto, então, abordou o motivo do encontro. Precisava de sua ajuda para resolver um problema com uma pessoa, e estava disposto a pagar uma quantia suficiente para Alexandre colocar seus negócios em ordem. Precisava de todo o seu empenho e discrição, e alertou-o para o fato de que não poderia ter qualquer escrúpulo ao cumprir sua tarefa. Alexandre sorriu, disse que faria o que o amigo pedisse. Alberto gelou por dentro ao contar seu plano. Era cruel, uma patifaria, mas era necessário. Precisava destruir Fabiana de uma vez por todas.

Alexandre deveria se aproximar de Fabiana Fontes, que já devia conhecer do clube, e conquistá-la. Deveria usar de todos os seus recursos para envolvê-la, fazer parecer que estava apaixonado, inclusive prometer casamento. Deveria manter-se, no entanto, afastado da família dela. Se, por algum motivo, os pais dela soubessem, tudo estaria acabado, porque os pais tomariam uma providência legal que arruinaria o amigo. Estando Fabiana envolvida, deveria levá-la para um lugar escolhido por Alberto, onde teriam relações sexuais. Tudo seria fotografado com o cuidado necessário para que as feições de Alexandre não aparecessem nas fotos, que seriam distribuídas, sorrateiramente, em todos os círculos sociais importantes. Ninguém saberia quem fora o autor da empreitada. Fabiana teria que ir embora, da cidade e quem sabe até do país. Estaria desonrada para sempre.

Alexandre o olhou espantado. Disse que o amigo deveria nutrir um ódio muito grande pela garota para fazer uma coisa dessas. Alberto, com tristeza e vergonha profundas, lhe disse que o motivo era mais do que justo; a ação era cruel, sim, porém necessária. Fabiana era a maldade em pessoa, tinha espalhado um mal muito grande por aí. Não quis entrar em detalhes. Pediu a Alexandre para não perguntar mais nada, e esperou atentamente uma resposta.

O outro ficou pensativo, e após alguns minutos, disse que seria preciso muita coragem e audácia para cumprir o prometido, mas faria o que o amigo lhe pedia. Conhecia Alberto bem o bastante para saber que aquilo era extremamente difícil para ele. Começaria a agir imediatamente, e assim que tivesse uma posição definida, entraria em contato com ele. Despediram-se com um abraço e deixaram o lugar.

Alberto se dirigiu ao banco para entrar em contato com seu tio. Precisava também assinar alguns papéis. Durante sua estada na costa, assinava a papelada na agência local. Agora, poderia fazê-lo na agência central. Necessitava estar mais em contato, porque, na segunda parte do plano, precisaria tomar algumas providências através do estabelecimento. No caminho todo, sentiu-se muito amargurado. Duvidou se teria coragem de completar sua vingança contra Fabiana, era muito grotesco o que planejava fazer. Estava certo de que prosseguiria até as fotos serem tiradas. Pagaria o devido ao Alexandre e ponto final. Sabia que ele a abandonaria, ela sofreria, isso talvez fosse suficiente. Guardaria as fotos, no caso de precisar usá-las.

Telegrafou para o tio propondo a compra da casa e foi tratar dos negócios. Recebeu a resposta cerca de uma hora depois. O tio dizia que a casa estava no nome do banco, portanto, metade já era sua. Que depositasse a quantia que achasse apropriada na conta particular dele no estrangeiro e o negócio estaria fechado. Disse ainda que o que estava dentro da casa era um presente para ele, inclusive a biblioteca, para poupar-lhe o trabalho de mobiliá-la. Quando voltavam à terrinha, a tia já não queria ficar mais lá, ficavam sempre em seus hotéis.

Alberto fez a transferência de dinheiro e ligou para sua mãe. Teresa estava aflita quando atendeu o telefone. O filho disse que não ficasse assim, todo mundo errava na vida. Ele também havia errado em não insistir com Luiza. Havia deixado tudo para lá, e agora estava pagando o preço por isso. Ela se disse preocupada com o que ele estava planejando, não o tinha criado para ser vingativo. Alberto sentiu um aperto no peito, mas tinha que ser forte. Falou que precisava ficar sozinho para conseguir tocar sua vida. Havia comprado a casa do tio e pediu que a mãe lhe cedesse o Francisco para ser seu homem de confiança. Mandou um beijo para o pai e para ela.

No final do mês, submeteu-se ao exame da Ordem e passou em primeiro lugar. Os jornais publicaram sua foto com textos de congratulações. Começou a reformar um dos seus imóveis comerciais para transformá-lo em sua firma de advocacia. Sua casa já estava funcional, com toda a criadagem necessária. Mandou comprar uma limusine, precisaria se locomover com certa discrição, caso reatasse com Luiza.

Após um mês e meio, Alexandre ligou para ele marcando um encontro, no mesmo local de antes. As notícias eram boas. Começara a ver Fabiana regularmente, achava que não seria difícil conquistá-la. Tampouco seria um total desprazer, uma vez que a garota era bonita. O grande problema era aturar seu gênio horrível. Tratava as pessoas, principalmente os subalternos, com desprezo e crueldade, ele tinha que se fingir de desentendido para contornar certas situações. Não frequentava mais o clube, mas não lhe havia dito por quê. Alberto recomendou que tivesse paciência, seguisse o plano como haviam combinado. Ficou contente com o fato de poder voltar ao clube, uma vez que Fabiana não estaria por lá.

No dia seguinte, ligou para Tonico e marcou um jogo de tênis para o sábado. Tinha saudades do amigo, quase um irmão para ele. Decidiu que nunca lhe contaria nada sobre seu plano. Encontraram-se no clube e passaram toda a manhã na quadra. Tonico era muito engraçado, animou Tinho com suas histórias e piadas. Durante o almoço, viram Rodrigues em uma das mesas. Tonico ficou preocupado com a reação do amigo, mas este se fez de desentendido e não deu atenção ao fato.

A visão do pai de Luiza deveria despertar sua ira, pensou Tonico. Estava adivinhando que, provavelmente, algo muito sério iria acontecer, e seu amigo seria o responsável. Mas não perguntou nada. Se o amigo quisesse, obviamente lhe contaria. Ficaria atento para ajudá-lo caso algo o prejudicasse. Era impossível que alguém tão poderoso quanto Tinho não tentasse revidar todo aquele absurdo. Sabia que não tinha sangue de barata. Não era violento nem vingativo, mas o que tivera de aguentar passara muito dos limites.

Passaram o resto da tarde juntos e se despediram à tardinha. Ao abraçar Tinho, Tonico lhe disse que podia contar com ele, para o que desse e viesse. O amigo respondeu que sabia muito bem disso, e a recíproca era verdadeira.

Aos poucos, a vida ia retornando ao normal. Alberto ia muito ao parque e sempre passava algum tempo com Alice. Ela vinha, dizia "oi Tinho!" e se sentava ao seu lado. Fazia todo tipo de perguntas típicas de sua idade, cada dia cismava com uma coisa diferente. Um dia eram as formigas, aí perguntava, "elas não ficam com falta de ar debaixo da terra?" No outro era a água, "como é que a água fica presa nas nuvens? Por que ela não cai? Como os peixes conseguem respirar debaixo d'água?" Os questionamentos eram intermináveis, e Tinho se divertia muito respondendo. Às vezes ficava quietinha, olhando para o nada, somente observando as coisas. Nessas horas, colocava sua mãozinha sobre a dele e batia os dedinhos, sua maneira de fazer festinha e dizer que gostava dele. Ele, então, a abraçava bem apertado, e ela dizia "ufa! você está me sufocando" e ria muito, porque gostava daquilo. Tinho já não podia imaginar sua vida sem ela. Bernadete vinha em algumas ocasiões, e os três ficavam conversando por um longo tempo. Começou a ficar cada vez mais difícil se despedir delas.

Passados dois meses e meio daquele sábado do casamento, Alberto recebeu um telefonema pela manhã, antes de sair para seus afazeres. Era a voz dela... Luiza!

— Oi, Tinho. Voltei ontem, preciso muito te ver. Onde posso te encontrar?

Ele ficou estatelado, sem saber o que dizer. Sentia o coração bater com muita força, parecia que ia sair pela boca, um zumbido fino e forte em seus ouvidos. Perdeu o senso das coisas, do espaço e do tempo. Emudeceu!

— Você não quer mais me ver? — ela perguntou, apreensiva.

— Não... não é isso — ele respondeu com dificuldade. — Você me pegou de surpresa, não sabia que já tinha voltado.

— Voltei ontem, à tardinha. Nem consegui dormir pensando em você. Há tanta coisa que quero lhe dizer!

— Dê-me um tempo para pensar — respondeu aflito.

Ficou por uns minutos pensando o que fazer. Depois, disse que o melhor lugar para se encontrarem seria ali mesmo, em casa. Havia feito uma modificação e colocado uma entrada que dava diretamente para a biblioteca. Com isso, uma parte da casa ficara isolada, para que tivesse privacidade. Mandaria sua limusine pegá-la na hora e lugar que fossem mais apropriados .

— Espero a limusine no nosso lugar à beira do rio, às 14h00 — ela respondeu, com a voz mais alegre.

— Não se preocupe, meu motorista é de total confiança e você não vai ser vista por ninguém. Espero ansioso.

— Um beijo, meu amor! — ela disse, desligando o telefone.

Por um instante Alberto ficou perplexo, sem saber o que fazer. Precisava desmarcar os compromissos do dia, preparar tudo. Chamou Francisco e lhe disse que ia receber, à tarde, uma pessoa muito amiga. Tudo deveria ficar no maior sigilo possível. Que preparasse algo para lancharem, com o máximo de requinte. Ficariam na biblioteca. Os empregados deveriam ser dispensados após o almoço, não queria ninguém na casa. Mesmo os que lá residiam deveriam se ausentar até as 20h00. Ele pegaria essa pessoa e a levaria até sua entrada particular. Em seguida, deveria se dirigir até o escritório da firma e aguardar um telefonema seu para levá-la de volta. Recomendou que ninguém, a não ser ele, deveria ficar sabendo do que se tratava. Se perguntassem, diria que era um capricho do patrão, que se acostumassem e nunca comentassem nada, sob pena de perder o emprego. Logo após, saiu para resolver os assuntos mais urgentes.

***

Tonico apareceu para nova visita médica. Abraçou o amigo com satisfação e começou logo a examiná-lo. Alberto comentou que quando era moço nunca teria imaginado aquela situação.

— Que situação? — perguntou Tonico.

— Você ficar me apalpando assim — disse Tinho.

— Ora essa! Não estou te apalpando, estou te examinando.

— Acho que você sempre quis me apalpar, fala a verdade! — disse Tinho, dando uma risada.

— Só me faltava essa! O cara vem examinar um amigo, larga tudo que tinha para fazer e ainda tem que ouvir uma barbaridade dessas!

— Não sei, não! Acho que você está mudado. Nunca mais me falou de qualquer mulher — disse Tinho, debochado.

— Não quero te aborrecer com as minhas aventuras porque você ficou brocha com a velhice — disse Tonico, às gargalhadas.

— Eu, brocha? Você está maluco! Depois que inventaram aquele remedinho azul, enfrento qualquer parada.

— Confessa que você fica melancólico quando ouve os meus casos... E sabe por quê? Porque a sua época já passou. Virou homem de família — falou Tonico.

— É verdade. Você tem razão, virei um pai dedicado. E como as mulheres sofreram com isso! — disse Tinho, rindo.

Tonico olhou para o amigo com aquele sorriso de canto de boca e disse que ia lhe contar o seu último caso. Havia atendido uma paciente há um mês e meio atrás e notou que ela gostara de conversar, ficaram um bom tempo conversando. Era a última consulta e tinham tempo de sobra. A mulher tinha trinta e nove anos, era muito bonita, com umas pernas lindas e um sorriso de matar! Como já estava tarde, pediu que ela voltasse, já que tinha que mostrar os exames, mas que viesse de novo na última consulta. Assim, eles poderiam bater um longo papo.

A moça voltou como combinado. Ele viu que os exames estavam todos bons e começou a conversa. Falaram de diversos assuntos, até ela mencionar que não estava feliz no casamento. Daí em diante, o negócio esquentou. Ele pegou na sua mãozinha para consolá-la, fez festinha no braço dela, que ainda tentou se esquivar. Num último resquício de fidelidade, levantou-se para se despedir. Mas ela a abraçou e começou a beijá-la.

Foi uma loucura só. Quando viu, já estava com a boca no sexo dela. A garota gozou como há muito tempo não gozava. Combinaram um encontro num hotel, ele tomou seu remedinho e lá consumaram o ato. Disse ao amigo que já nem imaginava poder fazer um sexo assim tão bom. Tinho lhe disse que estava com inveja, mas era um sentimento saudável. Não queria mais ter aventuras. As que tivera lhe bastavam, davam para satisfazer um batalhão.

Os dois riram. Ficaram falando de trivialidades. Tonico, como sempre, ficou para o almoço e se retirou logo depois, para que Tinho descansasse. Tinho colocou na vitrola o Cravo Bem Temperado e ficou pensativo, escutando Bach. O caso de Tonico estimulou sua memória, que retornou àquela tarde do telefonema...

Alberto estava muito agitado, mal conseguia concatenar os pensamentos. Não tinha noção do que aconteceria no encontro. Era louco por Lu. Ela estava casada, acabara de chegar da lua de mel com outro homem. Ela o chamara de meu amor; ele não sabia como iria se sentir quando estivessem juntos. Será que ela iria se separar de Claudio? Deveria falar de sua vingança? Simplesmente não sabia o que fazer. Tentava se acalmar, andando de um lado para o outro. Foi ficando muito nauseado e foi ao banheiro vomitar. Não sentiu alívio algum. Tentou respirar fundo, e acabou ficando um pouco mais tranquilo.

Quando a hora se aproximou, chamou Francisco e lhe deu instruções quanto ao lugar e hora combinados. O rapaz partiu, deixando Alberto completamente só. O coração batia rapidamente e as mãos estavam suadas. Como poderia ser diferente? Era a mulher da sua vida. Começou a ter uma sensação ruim, como se algo terrível fosse acontecer, a mesma impressão daquele dia da festa na casa de Lu. Tentou afastar o pensamento, mas este insistiu. Ficou agitado e gritou:

— Malditos! Malditos! — no seu descontrole, só pensava nas pessoas horríveis que lhe haviam roubado Luiza. Caiu num choro profundo por alguns minutos, mas depois se acalmou. Que fosse o que tinha de ser. Esperou quieto a chegada do seu amor.

A limusine entrou pelo portão lateral e parou na frente da nova entrada. Francisco buzinou e Alberto veio até a porta. Mal conseguia controlar seus passos, o coração quase explodindo! O rapaz abriu a porta do carro e Luiza saltou. A limusine foi embora e os dois ficaram se olhando, ali, parados. Ela estava ainda mais linda! Estava muito emocionada, quase chorando. Tentou sorrir, mas seus lábios trêmulos não a obedeciam.

Alberto sentiu uma ternura imensa. Correu e a abraçou. Ficaram assim, juntinhos, por muito tempo. Choraram todas as tristezas naquele abraço. Ele lhe deu a mão e entraram na casa. Não conseguiam dizer uma palavra. O que havia para ser dito? Ele a levou para o quarto e lhe deu um longo beijo. Sentiu novamente seu gosto. Como era delicioso! Perdeu a noção das coisas. Começou a beijá-la alucinadamente, primeiro a boca, depois o pescoço, o bico dos seios e a barriga, até chegar ao sexo. Chupou e lambeu, até que ela gozasse profundamente.

Tiraram a roupa. Lu o puxou para cima dela e pediu que a penetrasse. Estava dentro dela! Nunca amara tanto, nunca desejara alguém tanto. Os dois gozaram juntos num desvario, que durou uma eternidade. Repetiram o ato mais uma vez. Depois ficaram abraçadinhos por um longo tempo, sem dizer nada.

Aos poucos, a lucidez foi voltando e Tinho falou:

— Você é o amor da minha vida, Lu! Não sei como isso tudo foi acontecer. Fui um tolo por não acreditar em você. Fiquei tão alucinado naquele dia da festa, fui embora desesperado. Deveria ter interferido naquele momento, mas pensei que era a sua vontade, Fabiana me disse que você e Claudio se amavam. Depois te procurei durante uma semana, em todos os nossos lugares. Quando ligava, a resposta era que você não podia atender. Pensei que tudo estava perdido, e parti para longe. Precisava te esquecer, mas jamais consegui te tirar do meu coração. Quando voltei, fui àquele casamento, pensando que era de outra pessoa. Tonico me convidou, dizendo que a noiva era uma prima de sua namorada. Com a intenção de me proteger, meus pais não tinham me contado nada. Quando te vi entrar na igreja, fiquei alucinado, passei muito mal. Contei tudo para o Tonico, e ele, que não sabia do nosso relacionamento, me disse que era tudo um equívoco, que nunca houve nenhum relacionamento entre você e o Claudio naqueles dois anos em que estivemos juntos. Saí correndo para interromper o casamento, mas já era tarde. O resto você sabe.

Lu ouviu tudo calada e muito pálida. Depois falou:

— Eles me prenderam em casa. Só pude sair depois de um mês, e você tinha sumido. Achei que não gostava mais de mim. Fiquei tão sozinha! Não tinha com quem contar. Fabiana me ameaçava, dizia que iria contar para todo mundo sobre nós. Ela nos seguiu até aqui e nos viu fazendo sexo. Eu te esperei por dois anos, mas você não apareceu. Casar com o Claudio se tornou a minha única opção, não tive escolha. Como iria enfrentar a sociedade se soubessem do nosso caso? Não deixei de pensar em nós por um minuto sequer, esse tempo todo. Eu te amo tanto, é como se nada mais existisse para mim. Não consigo entender o porquê dessa desgraça toda. Nossas vidas estão perdidas para sempre — concluiu, chorando muito.

— Podemos consertar as coisas — ele disse. — Você pode se separar do Claudio e podemos nos casar.

Ela olhou para ele, muito triste:

— Teríamos que sair do país. Nossa sociedade nunca aceitaria uma mulher separada, mesmo se estivesse casada com um homem importante como você. Com o tempo, culparíamos um ao outro pelo exílio forçado. E há outra coisa que preciso te dizer, sei que nunca mais vai me querer depois de ouvir isso: estou grávida de um mês.

Alberto custou a entender a última frase. Ficou parado olhando para o nada durante alguns minutos. Um silêncio horrível tomou conta daquele quarto. *Grávida... grávida... grávida!* Aquilo ficou ecoando na sua cabeça. Foi ficando muito pálido, a boca seca. Não conseguia dizer nada. Largou-a e sentou-se na cama. Ficou assim sem falar por um longo tempo. Não podia imaginar o que fazer. Ela fora de outro, e a gravidez era a prova cabal. Ele tentara tanto não imaginar essa possibilidade, que se esquecera de que ela agora era de outro homem. A lei, que ele conhecia tão bem, afirmava isso. Ela começou a chorar. Esperava um filho de Claudio.

— Um filho, Lu! Como você foi fazer isso? — ele disse, sem pensar.

— Estou casada com ele, Tinho! Como poderia evitar? Aceitei casar com ele, não tive escolha. Como você pode me fazer uma pergunta dessas? — falou, nervosa.

Ele começou a chorar baixinho e ficou assim, de costas para ela. Lu se levantou e começou a se vestir. Olhou para ele muito triste, e continuou:

— Essa é a minha recompensa por te amar tanto. Eu sabia que você iria reagir assim. Tudo o que eu mais queria na vida era você. O meu Tinho! Não o homem importante que é o Dr. Alberto Silveira. Eu queria aquele rapaz que se apaixonou por mim no colégio, que me entregou aquele bilhete, com as mãos suando de nervoso, que me levou para passear naquele parque, que me deu seu corpo com paixão. Eu fui e sempre serei só sua. Não importa o que a vida nos reserve. Estarei sempre pensando em nós dois até a minha morte. Você não faz ideia do que eu passei na lua de mel, como tive que esconder meu desconforto, meu repúdio a ter que me deitar com um homem que não amo. E agora, o que me espera? Ter que dividir minha vida com ele, ter que aturar Fabiana, com suas ameaças. Vou ter um filho dele, mas queria, com todas as minhas forças, que este filho fosse seu. Como vou enfrentar isso tudo sem o seu apoio? Não me deixe sozinha, Tinho!

Ele se virou, olhou para ela e disse:

— Perdão, Lu! Você é tudo para mim! É o meu ar, o meu chão, a minha alegria, a minha razão. Não posso imaginar a vida sem você. Não posso culpá-la pelas minhas fraquezas. Sozinho, não sou nada. Não quero que você vá, eu só sou eu se estiver ao seu lado. Faço o que for preciso para tê-la junto de mim, nem que seja só um pouquinho. Me dê um abraço, venha para junto de mim, minha lindinha — esticou os braços e os dois se abraçaram.

Ficaram juntinhos mais um tempo, e novamente se amaram com paixão. Conversaram bastante. Lu pediu que Tinho providenciasse para que Tonico acompanhasse a sua gravidez. Assim, ele poderia fornecer um atestado proibindo que ela tivesse relações durante a gestação. Ficaria, por um tempo, livre do Claudio.

Quando a tardinha chegou, Tinho chamou Francisco e se despediram, com muitos beijos apaixonados. Combinaram um encontro para dali a dois dias. Não poderiam se descuidar, levantar suspeitas.

Alberto ficou muito tempo ainda sob o efeito daquele reencontro. Quando botou os dois pés no chão, não teve mais dúvidas do que fazer com aqueles patifes. Esmagaria os três sem piedade, Rodrigues, Fabiana e Claudio. Ligou para Alexandre e combinou um novo encontro para o dia seguinte.

Como sempre, Alexandre já o esperava. Foram direto ao assunto, ele dizendo com um sorriso que já tinha comido a garota e ela estava caidinha. Agora, tudo só dependia de Alberto, que prometeu ligar ainda naquela semana para marcar o local das fotos. Saiu dali e foi para o escritório, de onde mandou um telegrama para um detetive do seu banco no exterior: seria o fotógrafo e distribuidor das fotos. Depois do serviço, voltaria para o estrangeiro. Ninguém saberia de nada. O sujeito respondeu prontamente, dizendo que estaria no país dali a dois dias.

***

— Oi, Tinho! — falou Alice.

— Oi, Lilica! — ele respondeu, com alegria por vê-la.

— Você vai ficar sentado aí?

— Vou, sim, Lilica. Preciso pensar numas coisas. Senta um pouquinho aqui comigo, vem!

Alice sentou-se ao lado dele e pegou na sua mão. Ele ficava muito feliz quando ela fazia isso. Estava particularmente bonita naquele dia. Usava tranças e um vestido vermelho com florzinhas brancas. Ficou observando os pezinhos virados para dentro, como fazem as crianças quando se sentam em lugares muito altos.

— Gostou da minha sandália? — perguntou ela.

— Eu gosto de tudo em você, minha lindinha! Você está muito caprichada hoje.

— Vou na festa da Dulce — ela disse, com um baita sorriso. — É aniversário dela.

— Então, hoje vai ter festança, cheia de comes e bebes.

— O que é isso, comes e bebes? — perguntou Alice, fazendo uma caretinha.

Tinho explicou, com o cuidado necessário para não deixar dúvidas. Do contrário, aquilo seria o início de mais um montão de perguntas.

— Sua mãe está por aí?

— É claro, Tinho, ou você acha que eu viria sozinha para o parque?

— É só maneira de falar, Lilica! Você pode chamá-la aqui?

Alice saiu imediatamente, em disparada, para chamar a mãe. Voltou alguns minutos depois, sentou-se e disse que Bernadete já vinha. Tinho aproveitou para perguntar se estaria de folga no sábado. Alice respondeu que não tinha colégio nesse dia, ou viria ao parque ou ficaria brincando em casa.

— Gostaria de passear comigo então? Iríamos nós três, eu, você e sua mãe.

— Poxa, Tinho! Eu ia adorar.

— Está ficando moderna, com esse seu palavreado! — disse ele, rindo.

Ela foi logo perguntando:

— O que é "palavreado"?

Lá foi ele de novo explicar o significado, tomando cuidado com o que falava, porque tudo virava uma sabatina. Ele, no fundo, gostava, porque aquilo o distraía dos seus problemas. Ficavam por horas conversando, pergunta daqui e resposta dali. Quando a conversa se alongava muito, ele tinha que mandá-la sair do banco para ir brincar com as amigas.

Bernadete veio após alguns minutos. Alberto ficou admirando a sua chegada, era uma mulher bonita, com o mesmo tipo da Alice. Ao contrário do usual, a filha tinha puxado à mãe. Sorte dela!

— Olá, Alberto, como vai? — disse, com um sorriso.

— Com Alice aqui estou sempre ótimo! — ele respondeu, sem se dar conta do próprio charme.

— O que deseja de mim? — perguntou ela.

— Gostaria de levar as duas para um passeio no sábado, você pode?

Ela pensou, por alguns instantes, e disse que sim.

— Aonde vamos?

— Vamos a um parque muito lindo, que fica nos arredores. Lá, poderemos fazer um piquenique. Tudo por minha conta. O lugar é muito aprazível, cheio de cantos interessantes e divertidos para Alice. Assim poderemos conversar melhor, longe dos olhares curiosos das suas amigas — ele disse, com um sorriso matreiro.

Ela corou um pouquinho e respondeu:

— Tudo certo. Vou te dar meu endereço e telefone. A que horas você passa para nos buscar?

— Por volta das nove, mas ligo antes de sair. Combinado?

— Combinado! — disse ela, pegando Alice pela mão ao se retirar.

Alberto ficou sozinho com seus pensamentos. A vingança contra Fabiana já estava dando certo e próxima do seu final. Agora, precisava dar início à segunda etapa. Rodrigues era dono de uma metalúrgica, especializada em peças de precisão. Era seu único negócio e sua única paixão. Estava precisando injetar um gás na fábrica, porque as coisas andavam difíceis ultimamente. Era do conhecimento de um círculo fechado, entre homens de negócio, que ele havia procurado políticos para tentar algum novo empreendimento com um país estrangeiro e sua tentativa não havia logrado êxito: seu negócio não era grande o suficiente para atrair a cobiça dos políticos. Havia tentado acordos com outras empresas, sem muita sorte. Alberto tinha os meios necessários para convencer qualquer político do país a fazer um acordo industrial com o estrangeiro, mas não podia aparecer. Precisava montar uma firma de representações, legalmente, mas não tinha intenção de lucrar com isso. Dinheiro não era problema. Sabia que iria gastar uma boa quantia, com o empreendimento e com as propinas necessárias para seu plano ter sucesso. Valeria a pena. Rodrigues perderia tudo, era só nisso que ele pensava. Talvez até lucrasse financeiramente quando fosse dono da metalúrgica, já que seu plano passava por aí: apropriar-se do negócio do pai de Luiza.

Deixou o parque e foi para o escritório. Ligou para um amigo, Flávio, especialista em montar empreendimentos, e pediu que o procurasse ainda naquele dia, se possível. Em uma hora Flávio já estava lá. Ninguém, em sã consciência, iria perder a oportunidade de fazer negócios com os Silveira, donos dos empreendimentos mais importantes do país. Alberto falou da firma de representações e de sua intenção de ser tudo dentro da legalidade, porém, sem fins lucrativos. Expôs por alto a ideia de que precisava liquidar o negócio de uma pessoa que o havia prejudicado muito. Acertariam uma boa quantia como pagamento pelo esforço despendido. Já que Alberto não poderia aparecer, o amigo propôs ficar à frente da firma. Combinaram um encontro para dali a um mês, quando os planos para o estabelecimento já estivessem prontos.

Assim que Flávio saiu, Alberto ligou para o gerente de um dos seus hotéis, cuja suíte presidencial tinha uma situação privilegiada para ser o local do encontro entre Alexandre e Fabiana. Era muito ensolarada, ficava no último andar do prédio, que era o mais alto da região. Cercada por uma varanda, tinha uma belíssima vista para toda a cidade. A intensidade da luz era excelente, suficiente para fotografias sem flash.

Reservou a suíte em nome do detetive estrangeiro e avisou que ele teria convidados, alertou o funcionário sobre o necessário sigilo e pediu que ele mesmo cuidasse de tudo. Seria fácil alguém se esconder atrás de uma das volumosas cortinas e tirar as fotos necessárias sem ser percebido.

No dia seguinte o detetive seria encaminhado ao hotel com as instruções necessárias. Ligou para Alexandre e marcaram um almoço, durante o qual Alberto lhe deu as últimas instruções. Deveria levar Fabiana em torno do meio-dia, deixá-la esperando e ir sozinho falar com o gerente do hotel, que os encaminharia à referida suíte. Lá haveria comida, bebidas e um rádio. A música era necessária, para disfarçar o ruído da máquina fotográfica. Alexandre ficaria incumbido de convencer Fabiana de que as janelas poderiam ficar abertas, uma vez que ninguém poderia vê-los. O detetive ficaria na janela do lado da cama, assim o amante poderia posicionar Fabiana para que as fotos mostrassem seu rosto, a penetração e o que mais quisessem fazer. Se ela lhe fizesse sexo oral, melhor. Essas fotos sempre chocavam mais. Combinaram um novo encontro para acertarem o pagamento justo por todo o trabalho.

No dia seguinte, Alberto não quis pensar no que iria ocorrer. Estava preocupado com seu novo encontro com Lu. Toda a rotina foi refeita, os empregados dispensados, e às duas da tarde os dois se encontraram, foram para a cama e fizeram um sexo maravilhoso. Se amavam muito, era algo quase inexplicável a paixão que sentiam um pelo outro. Conversaram e riram muito. O tempo havia parado, estavam em outra dimensão. Não havia mais passado nem futuro, só aquele momento, um lugar especial, aonde somente aquele amor verdadeiro poderia levá-los. Comeram bastante, estavam mortos de fome. Só havia alegria para eles. Estavam juntos novamente!

Luiza estava animada. Tinha ótimas notícias. Estivera com

Tonico no dia anterior, e ele tinha lhe dado o atestado que ela queria, ficaria livre do sexo com Claudio. Ficaram se amando, como antigamente, até a tardinha, quando Lu foi embora.

Às 20h00 Alberto recebeu o telefonema do detetive, avisando que tudo correra como combinado. Na segunda-feira já teria as fotos na mão. Alberto o alertou, mais uma vez, para o fato de que o rosto de Alexandre não poderia aparecer. O outro lhe disse que assim faria. Combinaram um encontro secreto em sua casa, Francisco o levaria até lá.

No dia seguinte, sexta-feira, Alberto se preparou para o piquenique com suas amigas. Estava ficando mais velho, precisava de algo que se parecesse com uma família. Gostava muito das duas e não queria se separar delas. No sábado cedo ligou para Bernadete e disse que passaria lá às nove em ponto. Foi com um Mercedes Sedan, para acomodá-las melhor. As duas já o esperavam no portão. A casa delas não era grande, mas muito bem cuidada, com diversos vasos de plantas e um jardim bastante bonito. Reparou que ladeando a casa havia canteiros com flores roxas e amarelas, justamente como ele gostava. Bernadete devia ser uma mulher cuidadosa.

— E aí? Prontas para um dia só de diversão?

— Estamos! — responderam as duas ao mesmo tempo.

Alberto disse que o caminho era longo, mas valia a pena, porque passariam por um local muito bonito, às margens do rio que cortava a cidade. Costumava ir lá passear, há alguns anos. Era o parque do seu namoro com Luiza, no entorno da cidade, em uma das extremidades. Era muito grande, com inúmeras alamedas arborizadas e algumas árvores gigantescas. Dentro dele havia um jardim botânico, um horto florestal e um zoológico. A porção central era toda tomada por um grande lago, onde as pessoas podiam andar de barco. Sabia que Alice iria adorar, e lá poderia conversar à vontade com Bernadete e saber mais um pouco de sua vida.

Estacionou o carro em um lugar bastante sombreado, para que a comida que levara se conservasse fresca. Levou-as em direção ao lago, onde já era esperado por um seu conhecido. Entraram no seu barco e saíram para um passeio. Alice vibrava, cantava e fazia barulhos com a boca, imitando o vento. Ele ficou olhando para as duas, lindas, com os cabelos ruivos, muito lisos, ao sabor do vento. Bernadete sorria muito e dava a impressão de estar aproveitando, com enorme prazer. Foram até um lugar onde as pessoas davam comida para as gaivotas. Alice, como sempre, fez várias perguntas, e adorou jogar comida para as aves.

Após o passeio de barco, foram ao zoológico. Alberto comentou com Bernadete que já estava preparado para as perguntas de Alice. Fariam essa parte do parque pela manhã e assim poderiam conversar à vontade durante a tarde, enquanto Lilica estivesse brincando no parquinho.

— O leão é mais forte que o tigre? — começaram as perguntas.

— Não sei, Lilica. Os dois parecem bem grandes. Talvez tenham força igual — ele respondeu.

— Qual deles você acha mais bonito?

— O tigre. É mais esguio.

— Esguio! O que é isso?

— Mais elegante, mais ágil.

— Eles comem carne?

— Comem somente carne.

— Eles vão comer agora?

— Acho que só comem mais tarde.

— Eu queria ver. Você me traz mais tarde, Tinho?

— Acho que eles comem lá dentro da jaula. Daqui não daria para ver.

— Que pena! O que é aquilo lá do outro lado?

— É a jaula dos gorilas. Vamos lá vê-los — disse ele.

E assim passou-se a manhã: um milhão de perguntas e muitos animais. Alberto adorava Lilica, tinha uma paciência enorme com ela. Realmente se divertia quando estavam juntos. Ela o levava para um lugar onde os problemas da vida se dissolviam no seu sorriso, na sua graça, nas suas perguntas tão curiosas, na sua beleza de menina descobrindo o mundo. Seria sempre assim? Ele gostaria que fosse, mas tinha aprendido que as coisas são efêmeras neste estranho planeta, nada dura para sempre. Somente o amor permanece, e com ele, as lembranças, algumas tão boas e outras tão doridas! Tentou não pensar com amargura.

Nunca mais se sentiu tão leve quanto naquele dia, um dia muito especial, tão especial, que se eternizou em sua memória e lembrou-lhe a felicidade que sentiu naqueles dois primeiros anos com Luiza.

Foram para o bosque, perto do carro, mas antes Alberto passou num lugar e comprou um queijinho redondo, maravilhoso, e um patê de sardinhas. Comeram sob as árvores, entre risos e brincadeiras. Após a refeição, levaram umas toalhas para um gramado perto do parquinho onde várias crianças brincavam. Alice não demorou muito para fazer amizade. Os dois, Bernadete e ele, se deitaram, ficaram olhando as árvores ao vento e começaram a conversar.

Alberto pediu que ela falasse sobre o marido. Ela, então lhe contou sua história. Conhecera o marido, Fernando, quando eram crianças. Foram amigos desde pequenos, embora ele fosse um pouco mais velho que ela. Moravam na mesma rua, eram quase vizinhos. As famílias dos dois se gostavam e se visitavam muito. Aos poucos, já na adolescência, a amizade foi crescendo e eles se enamoraram. Passaram toda a juventude juntos. Fernando ingressou na academia do exército, e quando se formou, se casaram. Dois anos depois, Alice nasceu. Viviam uma vida maravilhosa. Amavam-se muito, e a presença da filha era só alegria. Quando a menina estava com três anos, recém completados, Fernando começou, subitamente, a ter muito cansaço e a sangrar pelas gengivas. Foi encaminhado para vários médicos, até que um deles descobriu a leucemia. Sobreviveu somente seis meses ao diagnóstico, foi uma doença avassaladora. Bernadete ficou desesperada. Havia perdido pai e mãe um ano antes, com um intervalo de apenas seis meses, os dois se amavam muito. Agora, perdia o marido. Chorou durante muito tempo, tudo o que pôde chorar. Era filha única. Não tinha mais ninguém. Ficou sem lágrimas, e decidiu tocar sua vida com a filha da melhor forma possível. Eram somente as duas diante do mundo.

Alberto sentiu uma tristeza profunda ao escutá-la. Perto disso, seu drama não era nada.

— E a sua história, Alberto? Você me prometeu que a contaria algum dia. Hoje é o dia das revelações. Se estiver pronto, sou toda ouvidos.

Alberto lhe contou tudo o que acontecera até o dia do casamento de Lu, porém, sem mencionar nomes. Explicou que era obrigado a preservar a privacidade daquelas pessoas. Contou que foi justamente naquele dia terrível que tinha encontrado o parque e conhecido Alice. Ela lhe perguntou se já tinha visto de novo a moça de quem gostava. Ele disse que sim, mas que ela estava esperando um filho do marido. Aquilo havia destruído suas esperanças de uma vida em comum.

Era estranho como se sentia bem do lado de Bernadete. Sabia que podia confiar nela. Disse-lhe que somente seu amigo Tonico sabia de toda a história. Um dia ele lhe apresentaria o companheiro, tinha certeza de que ela gostaria muito dele. Depois perguntou se ela permitiria que se vissem sempre. Poderiam sair nos fins de semana, se fosse do seu gosto.

Bernadete disse que sim, com um sorriso muito generoso. Era difícil resistir aos encantos do novo amigo. Não mantinha, entretanto, esperanças quanto ao seu amor. Sabia que amava outra mulher, mas talvez mesmo assim precisasse de companhia e, quem sabe, até de uma companheira. Deixou-se levar pelos sonhos, mas logo retornou à realidade. Era, agora, uma mulher prática. A vida lhe tinha ensinado isso. Se fosse para ter uma amizade mais profunda, deixaria que o tempo decidisse o melhor para ela. No momento, não estava conseguindo pensar em outra coisa que não fosse estar com Alberto. Conversaram o resto da tarde, sobre a vida em geral. Celebraram a amizade, e ele disse que aquele dia havia sido um dos melhores de sua vida. A tarde caía quando foram buscar Alice, exausta de tanto brincar. A menina voltou dormindo por todo o caminho. Os dois, muito felizes, ficaram calados, ouvindo música no rádio do carro. Ao se despedirem, ela lhe deu um beijo afetuoso no rosto. Ele sorriu e segurou sua mão. Foi embora contente, não sentia qualquer remorso por gostar delas, era como se fossem a sua família.

Não podia mais deixar de amar Alice e sabia que estava começando a gostar muito de Bernadete. Não era a paixão que sentia por Lu, mas um sentimento doce, sem impedimentos.

A segunda-feira chegou e, com ela, a visita do detetive. Tirara muitas fotos, muito nítidas na sua maioria, mostrando as feições de Fabiana. Como ele odiava aquela mulher! Ela havia lhe roubado a vida. Selecionou dez, que faziam uma sequência, e guardou as outras. Mandou que o funcionário fizesse um álbum com as selecionadas e começasse a distribuir nos locais frequentados pela advogada. Mandou também distribuir no clube. Assim, cercava por todos os lados. Depois de tudo pronto, o detetive deveria trazer os negativos e as fotos que sobrassem e voltar imediatamente para o seu país.

Alberto sabia que o escândalo não demoraria. Não iria esmorecer agora, quando precisava, com todas as forças, ajudar Luiza. Primeiro, Fabiana. Em seguida, Rodrigues, e uma vez esse também aniquilado, poderia prevalecer sobre Claudio. Necessitava urgentemente subjugá-lo dentro de sua própria casa, a fim de que não tocasse mais em Lu. Viveriam sob o mesmo teto, mas separados, a mórbida sociedade ficaria satisfeita e o seu amor protegido. O plano era diabólico, mas imprescindível. Declarava, dessa maneira, guerra aos hipócritas daquela sociedade vil, que vivia escondendo por trás das etiquetas sua podridão, seus desejos egoístas e cruéis, protegidos por uma lei arcaica e obsoleta. Prometeu a si mesmo que daria início a uma luta para mudar aquelas leis e posturas antiquadas, que prejudicavam tanta gente. Lutaria pelos direitos das mulheres, daria um fim àquela opressão que remontava a séculos. E faria isso tudo pelo amor de sua vida: Luiza.

Naquele mesmo dia ainda mandou um telegrama para Pati, dizendo que precisava vê-la o mais breve possível. Juntos, os dois possuíam uma das maiores fortunas do planeta, dinheiro que não era proveniente dos Silveira, mas da avó materna, que os havia feito herdeiros universais. Se quisessem, poderiam comprar quase metade do país. Mas seria mais fácil e mais barato manobrar os políticos corruptos, ávidos por dinheiro. Se antes essa ideia o incomodava, agora parecia a melhor solução. A irmã respondeu no dia seguinte, avisando que no próximo mês voltaria do exterior, onde se encontrava há mais de dois anos. Sentia saudades, estava louca para vê-lo. Ela não sabia o que havia lhe acontecido e isso ficaria assim por um longo tempo.

Alberto estava calmo, como há muito não se sentia. Sentou-se ao piano e tocou durante longo tempo, enquanto aguardava a chegada de Lu.

***

Alice estava muito cansada, ele a segurava no colo e corria por aquela floresta sem fim. Uma bruma o impedia de ver com clareza. Ela gemia, deixando-o muito aflito. Queria gritar, pedindo socorro, mas a voz não saía. Olhava para ela angustiado, rogando que pudesse salvá-la. Onde estaria a cidade, meu Deus? A voz se soltou e começou a gritar com força.

Acordou gritando, empapado de suor, e viu os olhos esbugalhados de dona Maria.

— Seu Alberto, se acalme por favor! É só um sonho!

Ele começou a chorar muito. Por muito tempo após o que tinha lhe acontecido não chorara de tristeza, suas lágrimas haviam secado. Ficara árido por dentro, uma parte do seu coração tinha morrido. Agora, tudo estava voltando. Estava velho e doente. Como iria enfrentar aquilo? Não tinha mais forças para aguentar tanto sofrimento!

Custou a se acalmar. A enfermeira segurava sua mão, e aquilo conseguiu tranquilizá-lo aos poucos. Sentia falta das meninas. Como estavam demorando a chegar! Os dias pareciam anos. Pediu a dona Maria que lhe trouxesse um copo d'água. Sentou-se na cama, respirou fundo e, paulatinamente, o desespero foi passando.

Sonhos não são reais, pensou, *mas espelham o que nos vai na alma*. Talvez o meu fim esteja próximo. Será um alívio? Ou sentirei falta daqueles que amo? Não saberia dizer. Quase todas as pessoas que amara ainda estavam junto dele, então por que se sentia assim? Tudo aquilo ficara sepultado por tantos anos, e era melhor que assim fosse. Voltou a se deitar e as lembranças percorreram sua mente até aquela semana...

Atendeu o telefone e ouviu a voz de Tonico.

— Você soube o que está acontecendo com a Fabiana?

Alberto disfarçou, e disse:

— Nem me fale nessa mulher!

— Está circulando pela cidade uma revistinha com fotos dela trepando com um cara — disse o amigo.

— Como assim? Me explica isso melhor.

— É isso exatamente que estou lhe dizendo! Dez fotografias onde ela aparece fazendo sexo com o cara.

— Você viu? — perguntou Tinho.

— É claro que vi! Estou com ela aqui comigo.

— Descreva-me as fotos aí, Tonico.

— Estão em sequência: na primeira, ele está terminando de tirar a roupa dela, na segunda está chupando a xoxota dela, em outra ela chupa ele, ele mete nela e assim por diante. É uma coisa de estarrecer!

— Você conhece o cara? — perguntou Tinho.

— Não dá para ver o rosto dele.

— Está parecendo uma armação contra ela — comentou Tinho.

— É isso mesmo, sem dúvida. Espere! Você tem alguma coisa a ver com isso?

— Claro que não! Mas com tantos inimigos, não me espanta que tenham feito isso com ela.

— Só se fala disso na cidade. Ela está perdida! — disse o amigo.

— Imagino o que as pessoas estão falando — disse Tinho.

— O que você acha que vai acontecer? — perguntou Tonico.

— De duas, uma. Ou ela vira prostituta ou vai embora daqui. Alguém sabe se ela já viu as fotos?

— Me disseram que sim, mas não tenho certeza — respondeu o amigo.

Continuaram conversando e marcaram um joguinho de tênis no clube, para domingo. Ao desligar o telefone, Alberto já tinha certeza que o plano havia dado certo.

No final do mês, Fabiana e sua família partiram sem deixar rastro. Quem ficou satisfeito foi Alexandre, que pôs as finanças em ordem.

Nessa mesma época, Flávio ligou e disse que estava tudo pronto para o negócio de representações. Alberto lhe deu o suficiente, em dinheiro, para alugar um andar de um prédio comercial e iniciar as atividades. Em uma semana estavam operando. Alberto, então, ligou para o Figueira, um dos senadores seu conhecido. Convidou-o para um almoço no mesmo restaurante de sempre. O senador chegou na surdina e o abraçou. Perguntou o que podia fazer pelo advogado, que lhe disse estar precisando de um grande favor. Em troca, lhe daria uma grande quantia para a campanha eleitoral do próximo ano. Tudo deveria ficar em segredo, e seu nome nunca poderia aparecer.

Precisava que Figueira entrasse em contato com certo estaleiro no exterior e conseguisse um acordo para a fabricação de eixos de motores navais por uma metalúrgica nacional. Seria aberta uma concorrência, e a firma de um amigo seu seria a vencedora. Queria tudo legítimo, e garantia ao político que o acordo seria honrado. Precisava que o senador mandasse um de seus assessores de confiança para fazer um trabalho para seu amigo, tudo bem remunerado por ele, Alberto. Disse que contava com seu empenho e sigilo e se despediu do senador.

Ligou para Flávio e avisou que o assessor do senador iria procurá-lo. Flávio deveria instruí-lo para oferecer esse negócio da China ao Rodrigues, garantindo-lhe que seria o vencedor da concorrência e que, se precisasse de um empréstimo, eles e somente eles lhe indicariam o banco adequado para consegui-lo, devido ao sigilo que isso envolvia. Logicamente, seria o banco dos Silveira. A remuneração do financiamento ficaria em vinte por cento dos lucros de Rodrigues durante dois anos.

No dia seguinte, Alberto mandou um telegrama para um amigo seu, dono de um estaleiro no exterior, solicitando sua colaboração no negócio intermediado pelo senador Figueira. Na verdade, uma solicitação de um Silveira era quase uma ordem. Tudo prosseguiu como esperado e Rodrigues caiu na esparrela. Correu ao banco indicado, sem saber que era propriedade de Alberto e seu tio. O gerente, que havia sido instruído pelo dono do banco, concedeu para o pai de Lu um vultoso empréstimo.

Numa concorrência pública desse porte, tudo era checado. Rodrigues foi obrigado a gastar até o último centavo do empréstimo, só para se aparelhar corretamente na metalúrgica, e ficou esperando, feliz, o dia do resultado da concorrência. Já se imaginava dobrando ou triplicando seu negócio. Iria ficar milionário.

Já haviam se passado cerca de quatro meses desde a chegada de Lu, e os dois continuavam se encontrando. A barriguinha dela já aparecia bastante, estava no quinto mês de gestação. Tinho não sabia direito como se comportar nessa nova situação. Achava que estava violando uma senhora casada, e grávida. Além do mais, sentia um ciúme danado daquele bebê que não era seu. Tinha que ter muito cuidado para não machucá-la. Isso refreava o seu ímpeto, e ele moderava as relações sexuais com ela.

Luiza notava, mas perdoava. Era uma mulher prática, não iria abrir mão do seu amor. Já amava seu bebê com paixão, mas era alucinada por Tinho. Quando os dois estavam juntos, era o paraíso na Terra. Pareciam ser um só, um único ser vivo com duas almas grudadas nele. Nunca mais brigaram depois daquela única ocasião, quando ela lhe contou que estava grávida. Aquela chama parecia ter força para durar, se amavam para sempre, longa e apaixonadamente. Luiza, entretanto, achava que Tinho era muito sozinho. Ela teria a companhia de seu filho, mas... e quanto a ele? Aquilo a deixava aflita. Queria que ele fosse feliz.

Alberto continuava a se encontrar com Bernadete e Alice, e seu amor pelas duas foi aumentando aos poucos, mas como firmeza. Parecia conviver bem com os dois sentimentos. Para Tinho, as duas eram sua família, e Lu a sua paixão, nunca iria abandoná-la. Tudo parecia natural. Não havia qualquer conflito. Sentia por Alice um amor paternal e não desejava abrir mão disso. Começou a mimar as duas com presentes e, por fim, assumiu as despesas da casa. A pensão de Bernadete era modesta, e ele não queria vê-las passando dificuldades. Colocou um carro e um chofer à disposição delas.

Alice logo se colocou no papel de filha, e sua mãe foi aceitando, aos poucos, aquela maravilhosa intrusão em suas vidas. Estava gostando de Alberto, mas sabia que ele tinha outra, porque nunca a havia tocado sexualmente. Ele, agora, a abraçava, andavam de mãos dadas e até davam beijinhos na boca. Mas ele recuava quando os carinhos se acentuavam. Ela achava isso natural, ele gostava muito da outra. Esperava, com paciência, que algo acontecesse e mudasse a situação.

Certo dia, quando conversava com suas amigas no parque, uma delas lhe perguntou se continuava amiga de Alberto. Ele vinha sempre ao parque, conversava com Alice um tempão, mas quase nunca chamava Bernadete para conversar. Ela disse que o rapaz gostava muito de Alice, e isso era tudo. Na verdade, os dois haviam combinado assim, para que as coisas não se complicassem. Se encontravam todo final de semana e passavam, pelo menos, um dia inteiro juntos. Foi quando uma delas lhe disse que sabia de um caso dele, e contou a história do casamento de Luiza da Silva Alencastro, quando os dois tinham se abraçado na saída da igreja. Outra disse que ele era conhecido como um garanhão, e havia estado com um número muito grande de mulheres.

Bernadete já conhecia a história, mas não os nomes. Então, era Luiza o amor de Tinho. Quis conhecê-la. Foi ao clube num domingo e a viu com suas amigas. Era linda, linda, não, era belíssima. Já estava com uns seis meses de gravidez, e só aparecia a barriga, o resto do corpo não havia perdido a forma. Sentiu uma pontada de ciúme. Depois, pensou em Tinho, e ficou morta de pena. Que coisa horrível havia acontecido com ele! A vida lhe tinha dado quase tudo, menos a companhia da mulher que ele mais amava. E Luiza estava ali, na sua frente, em carne e osso. Fernando tinha sido seu companheiro, mas havia morrido, era diferente. No fim de semana seguinte, foi muito carinhosa com Tinho. Desejava, de coração, que ele fosse feliz.

Quando finalmente chegou o dia do resultado da concorrência, Luiza já estava no sétimo mês de gestação. Rodrigues foi animado receber o resultado, estava confiante, arrogante como nunca. Ao ouvir a decisão em favor de outra firma, ficou confuso. Já havia se aproximado da banca com precipitação. O que estava se passando? Por um instante perdeu a noção de onde estava. Quem eram aquelas pessoas? O que estava acontecendo ali? Ficou balbuciando frases desconexas e começou a chorar. As pessoas próximas perceberam que não estava bem e o levaram para o hospital mais próximo.

Iolanda foi chamada às pressas, e recebeu a notícia de que o marido sofrera uma leve isquemia, mas já estava melhor. Alberto soube de tudo, mas ficou quieto. Não iria fazer nada antes de Luiza ter seu filho, não queria que ela tivesse algum problema na gravidez.

Assim que se recuperou, Rodrigues começou a procurar desesperadamente algum negócio que suprisse a falta do que perdera, mas todas as portas se fecharam para ele. Parecia que alguém, por trás do pano, manobrava as situações. Pensou nos Silveira, só eles teriam poder para tanto. Tentou encontrar alguma ligação entre os fatores, mas não conseguiu. Tinha uma dívida enorme, e dera a sua metalúrgica como garantia do empréstimo. Iria perder tudo se não encontrasse uma saída.

Dois meses se passaram, e nada. Foi ao banco, e o gerente geral lhe disse que sabia da sua situação, e, portanto, não poderia fazer nada para ajudá-lo. O banco se apropriaria de seu negócio para saldar parte da enorme dívida que Rodrigues fizera. A metalúrgica, agora, valia muito pouco, e sendo arrematada em leilão o valor arrecadado daria somente para as primeiras prestações, que ele já devia à instituição.

Rodrigues já chegou no carro um pouco confuso. O chofer reparou que o olhar dele estava estranho, sentou o patrão no banco de trás e rumou para a residência. No caminho, começou a balbuciar coisas estranhas, palavras desconexas. Ao chegarem em casa o patrão já não conseguia mover o lado esquerdo. Foi levado de novo ao hospital. Ao dar entrada, já estava morto.

O enterro foi simples. Poucas pessoas compareceram. Rodrigues ficara com a imagem de um homem incompetente, e ninguém queria se associar a isso. Quase não tinha amigos, tinha apenas conhecidos, e estes não vieram. Luiza nem pôde comparecer, estava de resguardo, o que era comum naquela época. Tinha dado à luz um menino.

Claudio compareceu. Estava combalido. Não pela morte do sogro, de quem não gostava muito, mas pela situação em que se encontrava. Era diretor de uma empresa falida. Como sustentaria sua família? Não somente Luiza e o filho, mas também seus pais e tios dependiam dele.

Naquele dia, Francisco foi até a casa de Luiza e lhe entregou um bilhete. Era de Alberto. Dizia-lhe para ficar tranquila, que ele proveria o que fosse necessário para o seu conforto. Escreveu que nunca a abandonaria novamente. O que era seu, era também dela. Colocara uma quantia enorme para ela em uma conta secreta. Francisco lhe passaria as instruções para que ela pudesse movimentá-la. Assim que possível, se encontrariam novamente, ele a esperaria com ansiedade. Enviava-lhe todo o seu amor.

O leilão da firma de Rodrigues foi fictício. O investimento voltara ao banco através das mãos de seu dono. Alberto quis manter a empresa, precisava dela para subjugar Claudio. O contrato com o estaleiro estrangeiro triplicaria o investimento inicial, e seria executado pela metalúrgica recém adquirida. Nenhum dinheiro gasto nas duas etapas iniciais do plano fora perdido, muito pelo contrário, um plano genial, executado por um homem extremamente inteligente. Alberto havia caído uma vez no conto do vigário, e isso nunca mais aconteceria.

Dois dias após o enterro, Claudio recebeu a visita de Francisco, com ordens de levá-lo à presença do novo dono da metalúrgica. Qual não foi a surpresa do marido de Luiza ao ver que havia sido levado ao escritório de Alberto! Foi introduzido na sala pela secretária do advogado. Estava muito pálido, sem entender nada do que se passava. Alberto mandou que ele se sentasse e ouvisse tudo calado, sem dizer uma palavra. Disse-lhe que sabia de sua situação familiar, isto é, dos seus pais e tios que dependiam dele. Disse-lhe também, com ódio nos olhos, que Luiza não era dele.

Era sua, e de mais ninguém! Ele aniquilaria quem se intrometesse em sua vida e na dela. Sabia que a sociedade não aceitaria bem a separação. Deviam, portanto, permanecer casados, mas somente no papel, para manter as aparências. Se ele, por qualquer motivo, se aproximasse dela novamente, ou fosse de encontro ao plano estabelecido, seria esmagado sem piedade. A casa em que moravam seria dividida em duas, de forma que as pessoas não percebessem. Externamente, pareceria uma casa normal. Nunca mais poderia receber seus amigos, que se encontrasse com eles em outro lugar. Ocuparia o cargo de engenheiro-chefe na metalúrgica. Não tinha escolha. Do contrário, seria perseguido por Alberto por todo o continente, e nunca mais conseguiria um emprego. E se essa conversa que estavam tendo vazasse para quem quer fosse, já sabia qual seria sua punição. Durante três meses, tempo de resguardo de Luiza e necessário para concluir as modificações na casa, ficaria no hotel que Francisco lhe indicaria. Seria, todo dia, levado à metalúrgica e trazido de volta ao hotel, do qual não poderia se ausentar. Após esse período, poderia fazer de sua vida o que quisesse, desde que guardasse distância de Luiza e agisse com toda discrição e respeito por ela. Se, por ventura, qualquer escândalo acontecesse, seria punido.

No dia seguinte, toda a criadagem da casa de Lu foi dispensada e aproveitada em outro lugar. Nova criadagem, da confiança de Alberto, foi colocada na casa. À tarde ele apareceu, para visitar o seu amor.

Luiza estava sentada numa cadeira de balanço, junto a uma das janelas do seu quarto. Uma cortina fina bloqueava o sol. Amamentava o bebê, um menino forte, corado, aparentando se parecer com ela, tinha o seu tipo.

Alberto ficou um pouco parado, olhando a cena. Depois sentou-se na cadeira em frente. Ela sorriu para ele, que devolveu o sorriso. Como era linda!

— Que modificações são essas na casa? É você o responsável por isso? — ela perguntou.

— Estou fazendo a sua vontade. Comprei a metalúrgica que era do seu pai, e agora tenho o Claudio em minhas mãos. Ele está terminantemente proibido de chegar perto de você. A casa será dividida por dentro. Vocês continuarão casados só no papel.

— Como é que conseguiu isso? — Luiza indagou.

— Esqueça isso! Já está feito. Para que saber dos detalhes? O importante, nesse momento, é você ter paz para cuidar do seu filho.

— Confio em você, Tinho. Sei que nunca vai me abandonar — ela disse, com um sorriso.

— Abandonar o meu amor seria abandonar a minha própria vida — disse Tinho, com paixão.

— Dê-me um beijinho. Não seja mau para mim!

— Não atrapalho?

— Claro que não, meu amor!

Os dois ficaram assim, trocando juras de amor, até Luiza acabar de amamentar. Colocou o bebê no berço e abraçou Tinho bem apertado. Falou, sussurrando em seu ouvido, muito excitada:

— Você não quer mamar um pouquinho? Faz esse carinho em mim?

— Posso? Não vai te prejudicar? — Tinho perguntou, nervoso.

— Vem! Chupa o meu peitinho. Bebe o meu leite! — ela insistiu, mais excitada ainda.

Ele bebeu aquele leite quentinho e doce. Ficou alucinado. Abaixou a calcinha dela e a masturbou. Ela gozou muito. Depois ela chupou seu membro até que ele gozasse. Gostava de engolir um pouco do seu esperma, porque isso o deixava enlouquecido de prazer. Ficaram deitados por toda a tarde, abraçadinhos e conversando. Estavam felizes. Ficariam juntos, quando e enquanto quisessem.

Alberto passou a visitá-la quase todos os dias, menos no fim de semana, quando os vizinhos estariam todos em casa, assim como Claudio. Não podia suportar a ideia da proximidade daquele canalha.

Luiza lhe garantiu que nunca mais havia visto o marido. A babá levava o menino, ocasionalmente, para que o pai o visse. Aos poucos, as solicitações dele diminuíram. Nunca mais quis saber da criança. O garoto foi crescendo forte e alegre. Era muito parecido com Luiza, e isso tranquilizava Alberto, que tinha um pouco de ciúmes dele.

Enquanto isso, os encontros com Bernadete e Alice continuaram. A menina completou sete anos, e deram uma festa bem grande para ela. Foi uma alegria só. Alice estava no paraíso. Tinho guardou na memória aquela festa, a mais especial que pôde proporcionar a uma de suas crianças queridas — os sons da criançada correndo, a música, os balões de borracha, os doces, tudo isso ficou para sempre gravado.

Cerca de dois meses mais tarde, Tinho conversava com Alice naquele banco de sempre, ela balançando as perninhas. Notou umas manchinhas roxas, perguntou se ela havia caído e se machucado. Ela disse que não.

— Você já mostrou isso para a sua mãe? — perguntou, aflito.

— Não, Tinho. Não estou sentindo nenhuma dor.

Ele ficou muito preocupado, mas tentou disfarçar. Deu-lhe um abraço muito apertado e ficou balançando o corpinho dela, com carinho. Teve, de novo, aquela sensação ruim de que algo não estava certo, um medo do que poderia acontecer. Não quis largá-la durante muito tempo. Queria mantê-la para sempre junto de si e protegê-la como pudesse.

Bernadete, de longe, percebeu a expressão dele e ficou intranquila. Deixou as amigas e se aproximou. Tinho mantinha Alice no seu abraço e, com os olhos, lhe indicou as lesões. Ela colocou a mão na boca para abafar o grito: eram iguais às de seu marido! Não, não podia ser verdade! Talvez ela tivesse caído e se machucado... mas quando perguntou, a resposta foi negativa. Tinho lhe fez um sinal para que se acalmasse. Mandou Alice sair para brincar e pôde falar com Bernadete.

— Temos que levá-la a um médico, hoje mesmo. Vamos para a sua casa e, de lá, ligo para o Tonico.

Saíram apressados. Pouco tempo depois, chegaram ao hospital. Tonico examinou a menina e reparou que as gengivas estavam inchadas, havia um pouco de sangue coagulado em um dos dentes.

Voltou para falar com eles. Foi formalmente apresentado a Bernadete, mas ficou sem entender qual a relação de Tinho com ela. Disse que precisava colher sangue da menina para um hemograma. Que esperassem um pouco, porque o exame seria lido rapidamente.

Cerca de uma hora depois voltou e sua fisionomia estava fechada. Tinho ficou muito pálido. Conhecia o amigo, algo de muito sério estava acontecendo. Bernadete tentava se controlar para não desabar, mas tremia muito. Ao olhar para os dois e perceber sua aflição, Tonico ficou triste, mas disse, firmemente:

— É um caso de leucemia mieloide aguda.

Bernadete desabou num pranto convulsivo. Tinho a abraçou, forte e desesperadamente. O amigo aguardou todo o tempo necessário para que se acalmassem, falou que era a primeira crise dela e havia tratamento para isso. Certamente, a menina se recuperaria. Muitos casos eram curados com radioterapia, arsênico e outras medicações. Deveriam interná-la para começar o tratamento o mais rápido possível. Pediu que a mãe fosse ficar com a menina, que estava assustada.

— Quem são essas pessoas, Tinho? — perguntou Tonico.

— São minhas amigas do coração. A menina é como se fosse minha filha. São uma família para mim. Amo-as profundamente — respondeu ao amigo.

— Você nunca me falou nada delas. Só sei da Luiza — observou Tonico.

— Vou resumir para você. Só posso realmente contar na vida com você, Luiza, Bernadete, Alice e Pati. As outras pessoas são somente as outras pessoas. Nem nos meus pais posso confiar mais. Se essa menina morrer, nem sei o que vai me acontecer. Sou louco por ela. Não poupe nada no tratamento. Se for para salvar a vida dela, gasto tudo que tenho.

Tonico pediu que ele se acalmasse, fariam tudo o que fosse possível para tratá-la. O caso era muito grave, mas havia uma possibilidade de cura ou controle da doença.

Alberto ligou para Luiza, avisando que não poderia visitá-la por uns dias. Estava com uma pessoa muito querida internada no hospital, com uma doença muito grave. Depois lhe contaria tudo. Ela perguntou se era algum parente. Ele respondeu que era como se fosse, ou até mais do que isso. Despediu-se mandando beijos, tentando soar calmo, mas Luiza percebeu que era alguma coisa muito séria para ele.

Esperou o retorno de Tinho com tranquilidade. Estava distraída com o filho e sabia que o seu querido estava com problemas muito graves. Após quinze dias, ele retornou. Tinha perdido alguns quilos, estava muito abatido. Quando entraram no quarto, ele a abraçou, e desabou num choro muito sentido. Luiza esperou que se acalmasse e perguntou o que estava acontecendo. Ele, então, contou a história daquele dia do casamento e o que se seguiu. Ela ficou muito emocionada, mas, num primeiro instante, não disse nada. Abraçou-o com força e o acariciou durante um longo tempo. Perguntou se ele comeria alguma coisa. Tinho lhe disse que não estava conseguindo comer, a comida fazia um bolo em sua boca e não conseguia engolir. Ela trouxe umas frutas e, com carinho, conseguiu que ele se alimentasse — tinha esse poder sobre ele, o acalmava de uma maneira diferente das outras pessoas, e ele a amava profundamente. Estava completamente confuso com toda a situação. Ela perguntou quais eram seus planos diante daquilo. Ele perguntou o que ela queria dizer com isso. Lu respondeu que, se ele gostava tanto delas, o certo era que as amparasse. Ele a olhou espantado:

— O que devo fazer?

— Não sei exatamente o quê. Mas deve tomar conta delas.

— Como você se sente a respeito disso, Lu?

— O que você sente por mim, Tinho?

— Sou louco por você. Jamais poderia te deixar.

— Eu sinto o mesmo por você, e não quero, jamais, que vá embora, mas você precisa de uma família e isso eu não posso te dar. Você já criou essa família!

— Fiquei tão triste e tão sozinho, Lu. Alice foi minha única alegria naquela época, me apaixonei de verdade por ela. Se ela morrer, nem sei o que faço.

— Nós nunca seremos felizes se você continuar com esses sentimentos de solidão — falou Lu.

— Mas nunca vou te deixar, Lu. Não posso. Seria como arrancar uma parte vital de mim.

— Então nunca me deixe, mas você precisa encher aquela sua casa com pessoas que ama, e não é fácil para mim te dizer isso. Meu coração está sangrando por dentro. Eu te queria só para mim, mas, bem, não podemos viver juntos. A vida nos pregou essa peça e não há nada que a gente possa fazer. Talvez no futuro as coisas mudem, mas agora temos que viver separados. Estarei sempre te esperando, nem que seja para estar só um pouquinho com você.

— Eu nunca poderia me casar com outra pessoa, Lu.

— Deixe que eu conheça a Bernadete e converse com ela. Faça isso por nós dois, meu amor.

— É isso mesmo que você quer?

— Não é o que eu gostaria, mas é o que temos que fazer.

Luiza abraçou Tinho com força. Ficaram assim por muito tempo, e depois se amaram durante toda a tarde.

Quando Tinho foi embora, Luiza chorou muito. Sabia que esse dia iria chegar. Não tinha nenhuma dúvida quanto a isso, já vinha se preparando há alguns meses, quando começou a perceber que ele estava mais alegre. As mulheres têm um sexto sentido, sabia que algo estava acontecendo. No entanto, havia sofrido tanto com tudo que acontecera que mudara sua maneira de ver a vida. Ficava contente de vê-lo aquelas poucas vezes durante a semana. Daquele relacionamento tão tumultuado, só carregava no seu coração as lembranças boas. Quantas pessoas tiveram momentos tão felizes como eles? Muito poucas. O amor deles era tão intenso, que preenchia todos os espaços do seu mundo. Precisava olhar para isso com calma. Se tivesse que abrir mão do seu amor para que Tinho fosse feliz, ela o faria. Afinal de contas, era ela quem tinha se casado, colocado uma pedra irremovível no caminho deles. Olhou para o seu filhinho e sentiu uma imensa ternura. Precisava reunir forças para cuidar bem dele. Tinho havia prometido olhar por ela e não faltaria com a palavra. Não podia nem pensar em ficar entregue novamente aos ditames de Claudio. No momento, o importante é que seu querido não sofresse sozinho com o problema da menina Alice.

Alguns dias depois, Bernadete procurou Luiza em sua casa. Luiza simpatizou com ela desde o início. Achou-a muito bonita. Conversaram sobre trivialidades. Depois, Lu perguntou sobre a menina. Soube que o tratamento médico era muito duro e Alice estava sofrendo muito, mas parecia estar respondendo à medicação. Já estava em casa, só ia ao hospital para tomar remédios. Alberto estava ajudando muito, facilitando o transporte e contratando enfermeiras especializadas. Luiza, então, lhe disse que se preocupava com Alberto, ele era muito só, estava sofrendo muito com a doença de Alice. Sugeriu que as duas ficassem na casa dele. Era uma casa enorme, e lá poderiam instalar as facilidades de um hospital. Alberto tinha dinheiro de sobra para isso.

Bernadete não sabia o que dizer. O que significava aquela proposta? Haveria outra intenção por trás? Luiza sorriu ao perceber sua desconfiança. Disse que Alberto precisava de uma família, e as havia escolhido. Não podia garantir o que aconteceria no futuro, se ele deixaria de vê-la, mas era sua obrigação lutar pela felicidade dele. Queria que ele se sentisse completo, e isso o casamento com Bernadete poderia lhe proporcionar. Pediu que ela pensasse nisso com calma, sem sentimentos passionais, porque de outra maneira a vida não valia a pena. Poderiam ter dele o melhor, pois o risco era ele se perder e sofrer com outras paixões.

As duas se despediram, com a promessa de se encontrarem novamente. Bernadete não sabia o que pensar. Fora criada dentro de padrões rigorosos, mas a morte de Fernando havia mudado sua maneira de agir. Amava Alberto, alimentava um namoro com ele, mesmo sabendo que ele se deitava com outra. A diferença agora é que ela também se deitaria com ele, e com a permissão da outra, que era o seu grande amor. Talvez não fosse tão ruim quanto parecia inicialmente. Decidiu que deixaria para Alberto e Luiza resolverem o que era melhor para todos. Não queria abrir mão dele.

No dia seguinte Alberto apareceu na casa de Luiza, e como sempre, se amaram loucamente. Depois ficaram conversando, e Lu tocou no assunto do casamento com a mãe de Alice. Ele ficou confuso, mas ela lhe explicou tudo que havia conversado com sua amiga, e achava que era a melhor solução. Se Bernadete aceitasse a proposta, todos ficariam felizes. Ele disse que achava que ela não gostava mais dele. Lu, então, falou que se não fosse assim terminaria por perdê-lo, e pior, para qualquer uma que aparecesse no futuro. Ficaria satisfeita se fosse para uma mulher que já o amava verdadeiramente. Pediu-lhe que levasse a outra e a menina para sua casa e cuidasse delas. Se o amor dele fosse verdadeiro como o dela, o que teriam a temer? Se ele algum dia se fosse, iria sabendo que ela o amaria para sempre.

Alberto disse que faria o que ela desejasse, sempre tinha sido assim. Seu grande amor sempre seria ela, até o fim. Lu só pediu que mantivesse sua promessa de olhar por ela, e nunca deixasse Claudio se aproximar de novo. Alberto reiterou sua promessa. Nunca a deixaria, e ela o conhecia bem o suficiente para saber que ele jamais mentiria sobre isso.

Naquele primeiro ano a doença de Alice regrediu, e o casamento foi marcado. Foi uma cerimônia simples, só com os parentes mais próximos e alguns amigos. Luiza estava presente e foi apresentada como uma grande amiga de Alberto. Teresa e Carlos ficaram confusos, mas não se manifestaram contra a escolha do filho. Houve um jantar na casa do casal e os dois partiram para uma breve lua de mel. Uma semana depois, já estavam de volta, porque Alice havia ficado sozinha sob os cuidados de Luiza.

A vida voltou à rotina normal. Todos estavam satisfeitos. Pode parecer estranho para as pessoas em geral, mas Bernadete e Luiza ficaram muito amigas. Não eram pessoas comuns, a vida lhes dera duras lições. Haviam aprendido a usufruir do melhor que a existência lhes proporcionasse. Não havia intenção de promiscuidade. Alberto as via separadamente. Quantos homens e mulheres fazem isso? Muitos, certamente. Melhor que fosse às claras, sem surpresas e sofrimentos desnecessários. O tempo diria se esse arranjo duraria ou não. As duas, agora, compartilhavam suas alegrias, suas tristezas e o amor por Tinho.

A casa de Alberto foi adaptada para receber Alice. Todas as facilidades médicas foram colocadas na residência, e um parquinho foi construído no jardim atrás da casa. Alice voltou ao colégio e brincava com seus amigos em sua nova casa.

Bernadete nunca mais voltou ao parque. Somente Tinho continuava frequentando o lugar, gostava de lá. Quando estava naquele banco de jardim, conseguia pensar nos seus problemas, enxergar as coisas de maneira mais clara. Mas sentia falta da presença de Alice ali com ele, tinha lembranças muito boas de suas conversas. Agora, algumas vezes, conversava com Joaquim, o zelador. Ficaram amigos.

Luiza começou, aos poucos, a frequentar a casa de Alberto. Levava Paulo, seu filhinho, e conversava muito com Bernadete. Alice começou a chamá-la de Tia Lu, e as pessoas foram se acostumando. Às vezes, ficava para o jantar, e mais tarde Tinho a levava para casa. Continuavam os mesmos um com o outro. O amor não só havia permanecido, estava ainda mais forte, crescera com o tempo e a convivência. Tudo parecia ter se equilibrado.

Cerca de um ano depois, Bernadete ficou grávida. Tinho ficou exultante, iria ser pai de novo — isso, porque considerava Alice sua filha. Correu para contar a Lu, que já sabia por intermédio de sua mulher. Ele reclamou, dizendo que elas gostavam mais uma da outra do que dele. Ela riu muito, e lhe deu um daqueles beijos que o deixava louco: não resistia e a levava para a cama.

Depois ficaram conversando, e ela disse que ele a esqueceria. Ele olhou para ela com certa melancolia:

— Não tenho mais forças para te esquecer. Tentei antes, mas agora, o amor é muito maior. De todas as pessoas ao meu redor, é a você que eu mais quero. O que sinto por você é muito maior do que sinto por todas as outras pessoas juntas.

Ela ficou muito emocionada, e chorou suavemente. Ficaram abraçadinhos como sempre, e combinaram de se encontrar no dia seguinte na casa dele. Lu estava com saudades de Alice.

A gravidez de Bernadete transcorreu normalmente, e nasceu um menino, forte e agitado. Deram-lhe o nome de Fernando. Iria dar trabalho aquele garoto! Luiza foi convidada para ser a madrinha junto com Tonico. Fizeram uma grande festa no batizado do bebê. Cerca de seis meses depois, Luiza parou de menstruar. Estava grávida.

Tinho nem sabia o que dizer. Teria um filho com a mulher que era a sua paixão, não podia ser verdade! Ficou exultante. Tonico lhe garantiu que tudo ia bem e que a gravidez, provavelmente, transcorreria sem problemas. E foi o que aconteceu. Luiza deu à luz uma menina forte e saudável, a quem deram o nome de Olívia.

Cinco anos já haviam se passado e Alice estava bem, mas nunca mais tinha sido a mesma, após tantos tratamentos tão sacrificantes. Perdera um pouco de sua resistência e se cansava com facilidade. Permanecia, entretanto, linda como sempre. Aos doze anos, era muito esguia, e tinha o porte de uma mocinha. Começou a menstruar, sem passar por aquelas modificações normais da pré-adolescência, que transformam as crianças em coisas desengonçadas.

Ela e Tinho tinham uma ligação especial, muito diferente do que ele sentia com as outras crianças, Paulo, Fernando e Olívia. Passavam horas conversando sobre todos os assuntos. Ele gostava de contar bobagens, e Alice adorava. Riam muito de tudo, pareciam ter a mesma idade. Saíam muito para passear, só os dois, e ele a levava ao parque, às vezes. Sentavam-se no mesmo banco e aproveitavam a beleza do lugar. Bernadete e Lu diziam a ele, frequentemente, que Alice era sua maior rival. Ele ria, e confirmava.

Quando seus treze anos estavam próximos, Alice começou a se sentir mal. Ficava muito cansada e tinha tonturas. Foi ficando muito pálida, e suas pernas e rosto começaram a inchar. Acordava com dificuldade para abrir os olhos. Com o passar do dia, melhorava. Tinho correu com ela ao consultório de Tonico. O amigo lhe disse que não era a leucemia, mas os rins da mocinha que estavam começando a falhar como resultado do tratamento. Colocou-a em rigorosa dieta de sal e proteínas e começou a lhe administrar diuréticos. Após um curto espaço de tempo, ela melhorou muito de aspecto, mas permanecia fraca. Ia para o colégio com dificuldade e ficava muito desanimada.

Bernadete e Tinho ficaram alarmados no início do quadro,

mas a menina começou a melhorar, principalmente após algumas transfusões de sangue. Tudo voltou ao normal e Alice mostrou-se, de novo, em toda a sua beleza.

Alberto permaneceu muito preocupado. Sabia que a saúde de sua menina estava indo embora. Procurou a opinião de vários especialistas no mundo, e a resposta que obteve é que o tratamento estava correto. Passou a vigiá-la atentamente, cheio de cuidados. Desvelou-se ao máximo para que Alice se sentisse o melhor possível. Resolveu que iria mostrar o mundo para a sua filhinha. Planejou uma viagem com todos, ele, Bernadete, Lu e as crianças, a primeira de muitas que fizeram. Conheceram todos os países que, com praticidade, podiam visitar com a filha querida. As viagens, os aproximaram definitivamente: tornaram-se uma só família. Alice parecia estar feliz.

Ao completar quinze anos, Alice teve uma festa de debutante que foi a sensação da cidade. Alberto não poupou esforços para que tudo saísse perfeito. Cerca de um mês depois, ao conversar com a filha na varanda, à noitinha, ela contou que sonhara com o pai. Ele perguntou se era Fernando. Ela respondeu que sim. Ele gelou por dentro, não sentia uma sensação assim há muito tempo. Perguntou como tinha sido o sonho.

Fernando estava fardado, como na fotografia de casamento que ficava sobre a lareira. Sorria para ela e dizia que viria buscá-la em breve. Tinha ficado muito feliz pela amizade dela com Tinho, mas estava na hora de partir com ele.

Tinho disse a ela, muito nervoso, que os sonhos não eram verdades, eram só o reflexo do que se passava na alma das pessoas. Perguntou se ela estava com medo da doença. Ela disse que não, que principalmente depois do sonho se sentia calma e sem qualquer temor. Olhou para ele com um olhar muito terno, e disse que ter sido sua filhinha tinha sido o melhor que acontecera em sua vida. Ele ficou olhando aqueles olhos lindos, tão azuis, sem saber o que dizer.

Nunca mais esqueceu aquele olhar. Abraçou-a com muita delicadeza e ficou fazendo carinho em suas costas por um longo tempo. Quando ela foi dormir, ficou lá, estático. Não podia conceber a ideia de perdê-la. No fundo do peito sabia que isso estava para acontecer, mas não conseguia enfrentar racionalmente a situação. Amava Alice tanto que não queria enxergar o que estava tão claro na sua frente. Ela iria embora, e com ela, uma parte do seu coração.

Chorou muito, bem baixinho. Estava desesperado, inconsolável. Bernadete veio vê-lo, preocupada com sua demora, e o encontrou nesse estado. Sentou-se ao seu lado e esperou que se acalmasse, fazendo uma festinha em suas costas. Quando ele parou de chorar, perguntou se era por causa de Alice. Ele disse que sim, e contou o sonho da filha. Bernadete ficou muito séria e pálida. Algumas lágrimas rolaram.

— Estamos perdendo nossa menina — disse. Não conseguiu falar mais nada. Ficou quieta, chorando baixinho. Os dois se abraçaram e ficaram ali por um bom tempo.

No espaço de dois meses, a saúde de Alice se deteriorou consideravelmente. Primeiro veio a palidez, depois o inchaço nas pernas, seguido do edema nos olhos e falta de vitalidade. Um dia, não acordou para o café da manhã. Bernadete foi ao seu quarto e a menina dormia profundamente. Tentou acordá-la e não conseguiu. Chamou Tinho aos gritos, e ele tampouco conseguiu acordar a filha. Levaram-na para o hospital e os médicos disseram que ela estava em coma.

Tonico veio rapidamente e trouxe consigo um especialista. O médico lhes disse que os rins de Alice haviam parado de funcionar e a única solução seria uma terapêutica recente chamada diálise peritoneal. O hospital tinha condições de fazer o procedimento, que deveria ser iniciado imediatamente. Alberto perguntou se havia alguma esperança de cura. O médico respondeu que não. A diálise a manteria viva por algum tempo, mas depois surgiriam complicações.

O consentimento foi dado e o procedimento iniciado. Após dois dias, Alice foi acordando aos pouquinhos. Primeiramente abria aqueles olhos azuis e sorria, depois voltava a dormir. Gemia muito, com dores no abdômen. Alberto só saía do seu lado para ir em casa se trocar. Pegava nas mãos dela, tão delicadas, e lhe falava de todas as coisas, mesmo sabendo que ela não podia ouvi-lo.

Ela continuou melhorando. Um dia, quando Bernadete, Lu e Tinho estavam lá, acordou de madrugada, quase às três horas da manhã. Olhou para eles e sorriu. Virou-se para o pai, que segurava sua mão, e disse que quando estava dormindo o pai Fernando a havia levado para um lugar lindo, onde havia somente alegria e muita festa. Estranho aquilo, como as pessoas dançavam, brincavam o tempo todo. Viu seus avós, estavam tão felizes! Todos diziam estar à sua espera, e que ela iria para um lugar ainda mais lindo.

— Não é bom isso, Tinho?

— É lindo, minha filha — ele disse, controlando a angústia em sua garganta.

Ela percebeu que ele estava triste, e disse:

— Eu te pedi uma vez que não chorasse, você se lembra?

— Não vou chorar, minha lindinha!

— Você é o meu papai querido, e quero que seja feliz — falou ela.

— Sou a pessoa mais feliz do mundo, porque tenho você, minha filhinha.

— Nunca te chamei de papai. De agora em diante só te chamarei assim — disse Alice, com aquele sorriso lindo.

Olhou demoradamente para Lu e Bernadete, e depois para Tinho.

Sorriu. E parou de respirar...

CAPÍTULO 3
BERNADETE

A menina-anjo, o féretro, as flores, a fila, os colegas, increduli-
dade, os amigos, sentimentos, compaixão, o desespero, o padre,
o andar trôpego, a marcha, punhados de terra, as últimas flores, a
volta, a casa, o vazio, a tristeza, o inexorável para sempre, saudades,
solidão.

Alberto ouvia o alarido, os sons desconexos. Nada tinha
significado. A visão estava turva, tinha dificuldade para reconhecer
as pessoas, que abraçava mecanicamente. Mal ouvia as condolên-
cias. Ficou muito comovido com os colegas dela. Eram tão jovens!
Alguns choravam desconsoladamente. Como aceitar a morte nessa
idade tão tenra? Como entender a perda dessa vida tão preciosa e
tão querida? Nem ele podia conceber essas coisas.

A morte havia levado seu tesouro, sua amiga, sua filhinha.
Com quem conversaria sobre suas tolices, que ela tanto adorava?
Olhou para Lu e Bernadete. Esta chorava quietinha, abraçada pela
outra. Havia se encolhido dentro de si mesma, de suas lembranças,
um espectro, pálida, quase invisível. Sentiu uma angústia nunca
sentida antes. Aquilo era definitivo. Sabia que prantearia Lilica
para sempre. Uma parte do seu coração havia murchado, estava
seca, sem vida, sem esperança. O que fazer quando não há mais
esperança?

Postou-se do lado do caixão, guardando o seu tesouro, pela
última vez. Olhou para ela. Um véu cobria o seu rostinho tão lindo
de mocinha. Colocou a mão sobre as mãos dela e sentiu aqueles

dedinhos que lhe faziam tanto carinho. Caiu num pranto incontrolável. Ninguém teve coragem de se aproximar. Deixaram-no ali, sozinho, com sua menina. O padre chegou e ele nem ouviu as orações. Qual Deus poderia consolá-lo agora? Não, não havia alívio, só o nada. Deu um grito quando o caixão foi fechado. Tonico o amparou no caminho para o cemitério. Tinho ficou abraçado com o amigo e escondeu seu rosto no ombro dele. Não podia mais olhar aquilo!

As primeiras semanas foram muito difíceis, a casa vazia sem Alice. Ela era a alegria de todos, sempre com seus apartes inteligentes e engraçados. Nunca havia ficado triste, nem mesmo nos piores momentos de sua doença.

Tinho e Bernadete demoraram para se recuperar. Luiza assumiu todas as responsabilidades. Aos poucos, os risos e o alarido das outras crianças foram preenchendo os espaços vazios. Lentamente a vida foi voltando ao normal. As crianças eram pequenas, não tinham noção do que havia ocorrido. Mesmo Paulo era ainda muito novo para conceber a gravidade dos acontecimentos. Aos poucos, o nome de Alice foi deixando de ser pronunciado. Os pequenos não conseguem guardar sentimentos por muito tempo, e os adultos evitavam mencionar Lilica porque isso lhes causava uma dor muito grande. Cada um guardou dentro de si, à sua maneira, a lembrança dela.

Um dia, ao chegar do trabalho, Alberto disse para Bernadete começar a providenciar o necessário para uma longa viagem. Pediu que ligasse para Luiza e perguntasse se ela se juntaria a eles. Seria uma viagem de navio para os Estados Unidos. Ele queria conhecer o país, suas principais cidades e sua natureza. As férias escolares estavam se aproximando e achava uma boa ideia que se ausentassem da casa por uns tempos.

Bernadete havia se ligado ainda mais a Luiza. A falta da filha lhe trouxera a necessidade de uma companheira. Há coisas que só as mulheres conversam, e as duas se davam muito bem. Lu aceitou animada, e foi para a casa da amiga para combinarem tudo. Pela primeira vez, depois de tanto sofrimento, as duas puderam relaxar e sorrir. Os preparativos transcorreram rapidamente, e logo no início das férias partiram todos em um transatlântico rumo a Nova York.

O navio era enorme. Tinha sete andares acima do tombadilho e oito para baixo, duas piscinas — uma para crianças e outra para os adultos —, salão de festas, restaurante, boate, cassino, restaurante da piscina, boutiques, cinema e outras diversões. A criançada adorou. Havia um esquema para que os hóspedes se divertissem o tempo todo. Ficaram em três camarotes contíguos, separados por duas portas, como nos hotéis: os pequenos todos num só, Luiza em outro e Tinho e Bernadete no terceiro.

As refeições eram quase contínuas. As pessoas costumam enjoar com o balanço do navio, e com o estômago cheio essa possibilidade diminui. Assim, havia um café da manhã, um desjejum às dez horas, almoço ao meio-dia, lanche às três, jantar às seis e uma ceia mais tarde.

Já na primeira noite, Bernadete chamou Luiza para os três conversarem no seu camarote. Tinho estava cheio de ideias sobre as mudanças políticas e legais que queria tentar implantar no país. Possuía a influência e o dinheiro para pressionar os políticos locais, e as duas poderiam ajudá-lo. Queria, também, abrir uma fundação para ajudar no tratamento de crianças com câncer. Talvez construísse um hospital somente para isso, seria sua maneira de homenagear sua filhinha. Bernadete adorou a ideia da Fundação Alice Gouveia, nome completo de Lilica. Luiza, que era advogada, se ofereceu para ajudar na parte política das ações. Ficaram um pouquinho tristes com aquilo, e Bernadete quis chorar. Tinho a abraçou e lhe deu um longo beijo na boca.

Luiza ficou olhando os dois um pouco excitada. Alberto notou sua expressão, puxou-a para perto e a beijou também. As duas eram suas, a vida havia decidido isso por eles. Abraçou-as e começou a beijá-las com ardor. Foram se despindo, e, num desvario, se beijando e se acariciando. Bernadete ficou muito excitada com os beijos de Lu, sentiu a língua dela dentro de sua boca e perdeu o controle. Deitou-se, abrindo as pernas, para que ela lhe chupasse o sexo. Tinho penetrou Lu por trás e os três gozaram intensamente. Passaram parte da noite se amando de todas as maneiras, e depois dormiram em paz.

Durante o resto da viagem dormiram no mesmo quarto e fizeram amor. Dividiam a mesma cama e se amavam sem barreiras, livres da opressão da sociedade em que viviam. Que o mundo fosse às favas! Sentiam-se livres pela primeira vez na vida. Durante todas as viagens que fizeram no futuro ficaram assim, juntos. Na terrinha, quando desejavam, iam para um dos hotéis de Alberto e se amavam.

A descoberta dos Estados Unidos foi um choque cultural. Vinham de um país com hábitos ainda medievais, e a liberdade e igualdade que experimentaram naquela grande nação mudou suas cabeças para sempre.

Tinho entrou em contato com banqueiros, seus parceiros, e estes lhe apresentaram políticos e homens de negócio. Estreitou suas relações comerciais e pôde multiplicar sua fortuna a partir daí. Conheceram várias cidades, grandes e pequenas. Maravilharam-se com as belezas naturais. Percorreram o país de costa a costa e voltaram renovados, ou melhor, renascidos.

No último mês da viagem, Lu não menstruou. Estava grávida de novo. Após uma gestação tranquila, nasceu Luiz Alberto, assim chamado para celebrar o amor que tinham um pelo outro.

***

Alice sorria para ele num campo de girassóis. Ele tentava se aproximar, mas a menina fugia. Ouvia, contente, ela chamar: "Papai... papai!" Correu o mais que pôde até uma grande árvore. Era o salgueiro em frente ao rio. No banco, Lilica sorria e estendia a mão em sua direção. Não conseguiu alcançá-la. Ficou muito aflito, queria tanto abraçá-la mais uma vez. Viu uma luz muito forte, mas conseguiu enxergar através dela e a viu lá dentro, olhando-o com ternura. Alice foi sumindo aos pouquinhos, acenando para ele. Ficou só e chorou, sentindo a falta dela.

Acordou chorando e olhou para o relógio: três da manhã!

Custou a se refazer da tristeza que o sonho lhe causara. Ficou respirando fundo, até se acalmar. Sabia que nunca poderia esquecê-la. Ficou imaginando se haveria um lugar para onde as pessoas iriam depois da morte, se se encontrariam de novo. Talvez fosse mesmo uma festa, como Alice havia contado. Já ouvira essa história sobre os moribundos, sobre entes queridos vindo buscá-los na hora da morte. Tonico, uma vez, lhe contara que ao ir à enfermaria examinar seus pacientes de câncer, um deles estava chorando sentado no leito. Ele perguntou o que havia acontecido. O doente lhe disse que seu pai o visitara naquela manhã, dizendo que vinha buscá-lo à tardinha. Tonico lhe disse que não havia alta programada para aquele dia.

— O doutor não entende, meu pai está morto há mais de vinte anos. Chamei minha mulher com todos os meus filhos e me despedi deles. Por isso estou tão triste — respondeu o enfermo.

— Você está bem, a doença regrediu, por que pensar em morrer? — disse o médico.

O doente abaixou a cabeça e continuou chorando. Tonico ficou preocupado e resolveu permanecer no hospital. Às seis da tarde o paciente teve uma hemorragia massiva e faleceu.

Seria bom se Lilica viesse buscá-lo na sua hora — Alberto pensou. A amizade deles seria eterna. Sentia uma vontade imensa de abraçá-la outra vez, nem que fosse apenas mais uma. Estaria mais preparado para perdê-la. Tudo tinha sido tão rápido!

Os pensamentos voaram em sua cabeça, e lembrou que as meninas chegavam no dia seguinte. Ficou ansioso e acordou de vez. Foi rever a trilha para o novo filme.

Às onze da manhã, Bernadete e Olívia chegaram com Luiza, que fora buscá-las. As duas o abraçaram muito, estavam mortas de saudades. Sempre viajavam juntas. Eram companheiras de viagem ideais, nunca brigavam e gostavam das mesmas coisas. A filha de Lu sempre acompanhava a tia em suas viagens por conta da Fundação. Era o seu braço direito na instituição. Nos horários vagos, pintava, e muito bem. Tinha recebido muitos prêmios e era uma artista muito considerada no país.

Não sabia que era filha de Alberto, a quem chamava de tio. Naquela época, essas revelações eram difíceis. A sociedade não admitiria relações abertas, como a de Tinho e suas duas mulheres, então decidiram não contar para as crianças, e a coisa foi ficando dessa maneira. Tudo seria esclarecido após a morte do pai. Nas cartas que Alberto deixara com Armando estavam as explicações necessárias e toda história da família.

Olívia, no entanto, desconfiava. Seu pai morava na mesma casa de sua mãe, mas os dois nunca se encontravam. Luiza passava quase o tempo todo na casa de Alberto e Bernadete. Viajavam, muitas vezes, só os três, e se olhavam com um olhar de cumplicidade, que denotava alguma coisa velada aos demais. Pareciam amantes. Olívia aceitava tudo, sem discriminações. Era uma artista, e sua moral não se coadunava com a de sua época. Acreditava no amor livre, única forma verdadeira de as pessoas se amarem.

Contou o que pensava para Luiz e o irmão concordou, mas não deu muita importância ao assunto. Disse que já considerava Tinho como seu pai, e sendo verdade ou não, não faria qualquer diferença para ele.

Após desarrumarem as malas, voltaram para conversar com Alberto. Bernadete estava um pouco pálida, e o marido perguntou se havia alguma coisa errada. Ela respondeu que a viagem fora cansativa, logo estaria melhor. Conversaram sobre os resultados, os contratos para a Fundação e os novos contatos no estrangeiro. Sua mulher estava satisfeita, e disse que gostaria de passar a direção para Olívia, mais jovem, e, portanto, mais dinâmica. Ficaria como presidente honorária e a sobrinha como presidente efetiva. Haviam combinado tudo durante a viagem.

Alberto concordou com tudo. Disse que sua missão estava completa. Achava que os filhos e sobrinhos deveriam assumir tudo. Só pensava, agora, em sua produção musical. Falou que tinha programado uma festa para o próximo fim de semana, porque queria comemorar a volta delas e rever alguns velhos amigos.

***

Assim que voltaram da viagem aos Estados Unidos, os três

começaram a tomar as providências para constituir a Fundação e começar a pressionar a classe política do país, no sentido de procederem às reformas políticas e sociais necessárias ao desenvolvimento da nação. A experiência na América os enchera de ideias progressistas e modernas.

Luiza, que havia sofrido duramente com as imposições de sua família, desejava lutar pela liberação das mulheres em geral. O poder que maridos e pais possuíam sobre suas mulheres e filhas era absurdo, covarde e cruel. As moças eram, em suma, objeto de troca de interesses, ou quando isso não ocorria, meramente objetos de capricho dos pais. Se fossem de encontro aos seus ditames poderiam até mesmo terminar internadas em conventos ou em sanatórios para doentes mentais, algo que acontecia com maior frequência do que seria de se tolerar. Era preciso iniciar a luta pelo relaxamento do pátrio poder.

Alberto ligou para o senador Figueira, marcando um encontro no local de sempre. Desta vez, iria com Luiza. O senador compareceu ao encontro pontualmente. Devia muito ao Silveira, e ansiava por novos negócios. Quando Tinho e Lu chegaram, ficou surpreso e admirado com a presença daquela bela mulher. Ela ainda usava luto por Alice. Trajava um vestido preto com bordados de renda, muito elegante, contrastando com a alvura de sua pele e salientando seu belo corpo, as unhas pintadas de vermelho, o batom da mesma cor e os cabelos negros, muito lisos e brilhantes, presos por dois apliques de pedras preciosas, diamantes e safiras. Estava simplesmente estonteante.

O político custou a se controlar, e perguntou o que poderia fazer por eles. Alberto comentou que o país necessitava de mudanças sociais. Não era possível que mantivessem os moldes antiquados, que submetiam a sociedade a caprichos anacrônicos e cruéis. Tinha poder suficiente para iniciar uma série de reformas nos códigos civil e penal, ambos com padrões medievais. Se algum político se opusesse, seria perseguido implacavelmente, até sua ruína. Disse-lhe ainda que reunisse os deputados e senadores que o apoiavam e marcasse uma reunião em algum lugar discreto. Um dos centros de convenções de qualquer de seus hotéis seria o local ideal. A Dra. Luiza de Alencastro, advogada, seria responsável por redigir os novos projetos de lei. Seria formada uma comissão que contivesse um número razoável de funcionárias, e uma delas seria o elo de ligação entre a Dra. Luiza e a classe política. Deu-lhe o prazo de um mês para organizar a comissão e marcar a reunião.

Após essa primeira reunião, Alberto convocou alguns detetives de uma de suas agências de seguro e ordenou que preparassem um grupo especializado para levantar a vida de todos os políticos envolvidos no processo. O país tinha 26 senadores e 182 deputados. Alberto sabia que podia contar com cerca de quarenta por cento dos parlamentares, onze senadores e setenta e três deputados o apoiariam com certeza, mantinham negócios com suas empresas e seriam obrigados a votar com ele. Mas necessitava de maioria absoluta, isto é, cinquenta por cento mais um — no mínimo mais três senadores e 19 deputados para que suas propostas fossem aprovadas na Câmara e no Senado. Mandou que os detetives se concentrassem nos indecisos, nos que tinham uma vida suspeita. Seria preciso usar suas próprias fraquezas para convencê-los. Se não se dobrassem, escolheria um bode expiatório para servir de exemplo.

Não tinha mais pudores quanto a agir dessa maneira. Precisava garantir que o havia acontecido com ele e Luiza não se repetiria. A partir do momento em que começassem a aprovar suas medidas, as coisas mudariam, provocando um efeito dominó. Providenciou uma sala para Lu em seu escritório onde pudesse se reunir com ele e outros especialistas e redigir as novas leis, que seriam entregues prontas, evitando qualquer embargo às suas vontades.

O primeiro projeto tratava de uma restrição importante do pátrio poder. Criava uma série de obrigações para os pais ou responsáveis pelos jovens, que seriam financeiramente encarregados do sustento e educação dos filhos até sua graduação em uma profissão. Um menor de idade poderia ser emancipado por vontade própria após os dezesseis anos de idade, uma vez que pudesse prover seu próprio sustento. Os pais não teriam mais poder de decisão sobre a escolha de cônjuges para seus filhos. Não poderia mais haver internação em conventos; nos sanatórios, somente com avaliação judicial e médica do caso. A maioridade civil e penal cairia para os dezoito anos de idade.

À segunda reunião compareceram 12 senadores e 85 deputados, alguns dos quais, obviamente, viam nela uma oportunidade de fazer negócios com os Silveira. Alberto compareceu acompanhado de dois advogados do seu escritório e iniciou as negociações. Fez um longo discurso defendendo suas ideias. No final, alertou os ouvintes de que estava disposto a prover facilidades para suas carreiras políticas e situação econômica. Observou que seus negócios, agora, se estendiam a muitos outros países, inclusive à América do Norte. Suas empresas possuíam um capital de giro que superava em muito o orçamento do país. Se, por acaso, suas recomendações não fossem seguidas, haveria o risco de que ele retirasse seus investimentos da terra natal, e a nação, certamente, se veria em sérias dificuldades financeiras. Não podia mais admitir que seu povo estivesse sujeito a leis tão antiquadas, que reiteradamente atrapalhavam o progresso.

O primeiro projeto de lei foi encaminhado ao Congresso e tramitou sem maiores problemas. Alberto providenciou para que os indecisos fossem procurados por seus homens de confiança. Ofereceu ajuda financeira para suas campanhas e foi bem recebido. Na verdade, a maioria das pessoas já estava cansada de tantas restrições sociais, e não havia qualquer oposição da igreja. O projeto foi aprovado e sancionado.

Houve uma grande festa para comemorar essa primeira vitória. Luiza estava radiante, e foi apresentada à sociedade local como mentora do projeto. Houve inclusive uma passeata de jovens para comemorar o avanço social da nova lei. Somente alguns poucos se rebelaram contra a mudança. Entre eles, um cardeal, Dom Petrônio.

Auxiliada pelo escritório do marido, Bernadete conseguiu terminar os procedimentos legais para instituir a Fundação, que foi festejada pela sociedade médica do país. Com o auxílio de Tonico e outros colegas, deu início aos estudos para o projeto de um hospital com abrangência maior do que somente para pacientes de câncer. Seria um hospital-geral infantil, o primeiro do país. Além disso, a Fundação se encarregaria não só da pesquisa de doenças infantis, mas da criação de orfanatos e creches em todo o território nacional.

Toda essa atividade fez com que Bernadete esquecesse seus problemas, ao menos um pouco. Um ano já havia se passado desde a morte de Lilica, e ela estava conseguindo relaxar mais. Sua menstruação, que havia ficado irregular, voltou ao normal, e ela engravidou novamente. Teve uma gestação alegre e tranquila, todos ficaram muito satisfeitos. Ela podia jurar que seria uma menina, e deu à luz uma garota cheia de energia. Deram-lhe o nome de Ana Cristina, a caçula de Tinho.

A menina era uma espoleta, muito alegre. Fez a felicidade da casa. As duas meninas, Olívia e Ana, passaram a ser o foco de maior interesse de Bernadete, que nunca se recuperou da perda da filha. Os outros voltaram aos seus afazeres e suas distrações. Ela participava de tudo, mas, às vezes ficava ausente, nunca estava com os seus por completo. As meninas lhe trouxeram um alívio. Tinho a convidou várias vezes para ir ao parque, mas ela nunca mais quis colocar os pés no lugar, nem pôde passar de novo em frente à sua antiga casa.

Alberto ainda ia lá sempre. Às vezes, levava Luiza. As crianças vinham vê-lo e ele sempre tinha balas para elas. Conversava muito com a criançada e gostava de ouvir suas histórias. Ele e Lu passavam lá horas, ora no banco, ora passeando. Conversavam muito, lembrando os tempos de juventude. Ela ainda parecia uma menina, mas ele começava a ficar grisalho. Tinha sofrido muito com suas perdas, e a vida iniciara sua cobrança. Não havia como fugir, e ele era um sentimental.

Luiza era mais prática. As mulheres são mais fortes, têm o papel de estruturar a sociedade. São as educadoras e provedoras do que é estável no planeta. Sem elas, os homens ainda estariam caçando por aí, sem qualquer responsabilidade ou juízo. Alberto a olhava, e a amava cada vez mais. Tinha a sensação de que poderia explodir de amor. Sentia ainda a mesma chama do início. Quando ela o tocava, seu coração batia mais forte. Não sabia explicar como era isso. Seria o fato de não terem podido se casar? Mas viviam praticamente juntos! Nunca imaginara que pudesse existir um sentimento igual. Ela olhava para ele e percebia o seu amor. Era tudo que queria, sentir-se amada e protegida por ele.

Com Bernadete, o sentimento era diferente. Tinho a amava profundamente, mas era um amor calmo, sem emoções fortes. Gostava de dormir ao seu lado, aquilo o acalmava. A mulher sabia disso, e era agradecida por tê-lo conhecido e poder amá-lo tanto. Ele havia lhe dado tudo que podia lhe dar, e era mais do que ela poderia esperar. Amara a sua filha como ninguém, e seu sentimento por ela era tão forte, que o empurrara para a frente, a despeito de todas as adversidades. Lilica o amou igualmente, e esse amor foi um elo tão poderoso que os uniu para sempre. Eram uma família totalmente fora dos padrões de qualquer época, mas ela os amava sem exceções, não poderia se imaginar sem qualquer um deles.

Sua alma era pura. Não conseguia ver maldade nas coisas. Era linda por fora e por dentro, e nem a morte de sua filha querida a deixou amarga. Ficou triste, e triste continuou, para o resto da vida. Mas guardava esse sentimento bem fundo no seu coração. Não queria que ninguém sofresse por ela. Era gentil com todos, os empregados simplesmente a idolatravam. Estava sempre ajudando e tratando de suas crianças. A Fundação lhe caiu como um luva: quem melhor que ela para dirigi-la? Era dotada de verdadeira compaixão, necessária para resolver os intrincados problemas que o empreendimento apresentava. Todas as semanas visitava as crianças doentes no hospital. Organizou grupos teatrais para diverti-las diariamente. Muitas vezes, quando uma das crianças estava para morrer, permanecia no hospital. Amparava a família em sofrimento e providenciava as exéquias, para que os entes queridos pudessem prantear seus pequeninos sem outras preocupações. Os serviços fúnebres eram custeados pela instituição.

Bernadete tinha um talento especial, um dom sem igual para acalmar as pessoas. Gostava de se sentar ao lado de alguém e fazer carinhos que tinham o estranho poder de relaxar profundamente qualquer um. As crianças chegavam a fazer fila para disputar suas carícias. Quando ela não estava em casa, Tinho sempre dormia mal, já que ela costumava acariciá-lo na cama até que pegasse no sono, e isso o relaxava de tal maneira que ele dormia tranquilo a noite inteira.

O sexo entre os dois era muito bom. Ela gostava muito de fazer amor de todas as maneiras, não tinha pudores, nem mesmo quando estavam a três, ela, o marido e Luiza. Ria muito depois, ficava muito relaxada. Era a melhor pessoa que Alberto jamais conhecera. Luiza sabia disso, mas não sentia ciúmes, porque sentia o mesmo por Bernadete: eram as melhores amigas e se amavam muito, espiritual e fisicamente.

Tinho certa vez perguntou à esposa se aquela situação com Luiza a incomodava. Ela respondeu que quando o conheceu, e percebeu o amor que ele sentia por Alice, começou a se sentir atraída, e após os primeiros passeios, ficou realmente apaixonada. Quando soube de Luiza, ficou muito dividida, não sabia o que fazer. Deixou as coisas acontecerem. Como Lilica passou a amá-lo muito, ela não pôde mais se separar dele, e a ideia da outra a assustava muito. Seria capaz de conviver com aquilo? Achava que não. Mas no dia em que conheceu o amor de Tinho, ficou muito balançada. Lu era simplesmente irresistível, pensou que se fosse homem, se apaixonaria por ela. Nunca imaginou que isso pudesse realmente acontecer. Se mantiveram relações sexuais, foram muito discretas. Os três pareciam se completar, não precisavam de mais ninguém. As duas, muito bonitas, chamavam muita atenção, mas, praticamente, nunca se interessavam por homem nenhum. Sentiam-se satisfeitas e dedicadas ao seu querido Tinho. Nunca sentira qualquer culpa, e Lu tampouco. Eram os três e pronto! Vá lá entender as coisas do amor.

Por essa época, Pati, que durante muitos anos havia tocado os negócios da família do exterior, retornou efetivamente ao país, tempos depois de prometer ao irmão que o faria em breve. Chegou cheia de ideias feministas. Seu marido era um liberal, e a apoiava em todos os seus empreendimentos e ideias. Ficou extasiada ao rever o irmão querido, mas não entendeu nada do que se passava com ele. Até tentou saber, mas ele lhe disse que aquilo era conversa para muito tempo e que a história daria um livro, melhor deixar para lá. Um dia ele lhe contaria. A espera durou quase uma vida inteira.

Ficou muito animada ao saber das reformas políticas que Alberto planejava, e ofereceu sua ajuda, tanto econômica como pessoal. Foi apresentada a Luiza e também caiu por ela, era impossível não gostar de Luiza, a perfeição em pessoa, ou quase. Talvez tivesse uma pintinha fora de lugar em alguma região escondida do seu corpo, mas o que se via, era perfeito! Ficaram muito amigas, mas nunca trocaram confidências a respeito do passado. Bernadete, com seu jeito suave, também ganhou logo a simpatia da cunhada. Daí em diante, as crianças das três se misturaram e tudo ficou em família.

A segunda leva de reformas pretendia instituir a igualdade entre maridos e mulheres e o voto feminino. Novamente, foi marcada uma reunião com os parlamentares, mas dessa vez as coisas ficaram um pouco tumultuadas. Os homens estavam habituados ao poder que exerciam sobre as esposas e não queriam abrir mão disso. Alberto fez seu discurso no final da reunião, após vários parlamentares se pronunciarem contra o projeto. Explicou que, com o voto feminino, as chances de reeleição seriam maiores para os que apresentassem projetos sociais mais humanizados, e envolvendo as causas feministas. Quanto aos direitos iguais entre os casais, isso era ponto de honra para sua irmã e sócia. Se não aprovassem o projeto, a família iria embora levando os seus negócios, e o país retrocederia uns cem anos. Após muita relutância, conseguiu o apoio da maioria.

O projeto de lei foi enviado ao Congresso, e, para surpresa de todos, sofreu pressões da Igreja, que se manifestava contrária às mudanças. Alberto mandou seus investigadores analisarem o caso e descobriu dois cardeais por trás do impedimento, um deles o mesmo Dom Petrônio que já protestara contra o primeiro Projeto de Lei. Estranhou aquela oposição dos religiosos. Havia algo errado naquela postura, uma vez que o próprio Papa era favorável à igualdade entre os sexos e raças. Os detetives não tiveram muita dificuldade em descobrir que os clérigos viviam à margem dos ditames do Vaticano: tinham relacionamentos suspeitos, e um deles era pai de duas crianças. Obviamente, não queriam que suas companheiras, tendo direitos, pudessem se insurgir contra eles os expondo ao escrutínio público.

Não era interessante para ninguém iniciar uma briga com a Igreja, que acabaria por proteger seus membros. Era necessário, portanto, que reunissem todas as provas possíveis, para em seguida chantagear os padres. Sem alternativa, os dois sairiam de cena. Mas aquilo que de início parecia tão simples não tardou a revelar-se o oposto disso. Os cardeais viviam em lugares de difícil acesso e comprovar tudo seria uma tarefa complicada. Precisavam arquitetar um plano extremamente sutil para ter acesso às suas vidas privadas.

Alberto e Luiza discutiam possibilidades para porem em prática o plano contra os cardeais quando Bernadete ouviu a conversa e lembrou ao marido que conheciam um agente da Interpol. O homem devia muitos favores aos Silveira, principalmente a Tinho, e poderia ser de alguma valia. Se Alberto o procurasse pedindo orientações, talvez ele os ajudasse, nem seria necessário detalhar os objetivos do plano, muito menos as pessoas investigadas. Ela mesma poderia ligar para a mulher do policial e marcar uma reunião em casa. Lembrou ainda que estavam acima de qualquer suspeita, portanto o conhecido deles não colocaria qualquer impedimento.

Bernadete marcou a reunião e o casal compareceu. O policial estava muito satisfeito com a lembrança, assim poderia pagar os favores recebidos no passado. Alberto expôs a situação genericamente, e o convidado informou que poderia orientá-los e fornecer o equipamento para escutas e registro fotográfico.

Em três encontros demorados com Alberto e seus detetives o plano foi todo montado. Parecia perfeito, mas arriscado. O policial se ofereceu para qualquer apoio logístico que se tornasse necessário no desenrolar das ações. Se fosse o caso, poderia indicar alguém de fora da Interpol para fazer a filmagem. Como na época não existia vídeo, tais registros eram difíceis, mas não impossíveis. Alberto fez questão de recompensar o agente devidamente.

A primeira parte do plano consistia em espionar as mansões dos dois cardeais. Precisavam tomar conhecimento de todo o movimento de entrada e saída dos funcionários, visitantes habituais e moradores. Os clérigos seriam seguidos, sem trégua, até que alguma coisa inusitada fosse descoberta. Em frente de cada residência investigada uma propriedade foi alugada e os equipamentos instalados. Precisavam grampear os telefones e fotografar todo o movimento.

Alberto recebia relatórios diários, estava à frente das investigações porque Luiza e Bernadete tinham outras obrigações. A primeira fase do plano durou aproximadamente dois meses. Aos poucos, a vida das casas começou a ser revelada. Ficaram sabendo que cada cardeal tinha um padre a quem eram diretamente ligados e que fazia a ponte entre os dois e os bispos. Outros padres, sem acesso direto aos superiores, se incumbiam de funções menores, reportando-se aos intermediários que trabalhavam para Dom Petrônio, um deles um jovem clérigo de 23 anos e o outro em torno dos 40.

Resolveram iniciar o ataque pelo mais jovem, já que o outro parecia sisudo e vivido demais para ser ludibriado, além de até o momento não terem conseguido levantar nenhuma mácula em sua vida pregressa. Certamente haveria alguma coisa, ninguém é santo, o padre já estava afastado de sua paróquia há mais de dez anos e não se sabia o porquê de seu afastamento prematuro. A Igreja mantinha seus segredos a sete chaves.

Um dos detetives ficou encarregado de procurar a prostituta mais linda que encontrasse na cidade, deveria parecer um anjinho de educação e boas maneiras. Não era tarefa fácil, tais qualidades normalmente não aparecem juntas nessas mulheres. Não encontrou nenhuma que preenchesse os requisitos. Alberto, então, procurou Alexandre, que era perito no assunto, e lhe disse que muitas estudantes de nível superior complementavam seu orçamento vendendo discretamente os seus corpos. Havia também as balconistas e as bancárias. Os salários pagos às mulheres eram muito inferiores aos dos homens em funções equivalentes. Optaram pelas estudantes. Seriam mais cultas e discretas. Alberto incumbiu o amigo da missão quase impossível.

Em seguida, dedicou-se aos empregados. Não seria difícil

suborná-los, mas precisava selecionar aqueles que não fossem católicos fervorosos.

Após cerca de um mês, Alexandre apareceu para conversar com Alberto. Disse que fora "obrigado" a comer um monte de garotas das faculdades e havia descoberto duas que pareciam ideais para o trabalho. Não eram religiosas, eram lindas, cultas, educadas e muito necessitadas de dinheiro. Ambas eram mães solteiras e teriam que sair da cidade se quisessem apagar seu passado.

Alberto as entrevistou, não descartou nenhuma das duas. Preferiu iniciar o ataque com uma delas, que se chamava Clara. Era muito bonita, tinha uma carinha de anjo, muito meiga, e estava em situação econômica precária. A outra ficaria de sobreaviso, uma vez que morava com a mãe e sua vida era mais estável.

Alberto ligou para Tonico e disse que iria precisar dos seus serviços. Clara foi treinada pelos detetives numa série de procedimentos de espionagem. Deveria se aproximar do padreco e seduzi-lo, o mais sutilmente possível. A moça o esperaria em seu caminho habitual até a casa do superior, e, andando na sua frente, simularia uma torção de tornozelo. O padreco, naturalmente, iria socorrê-la. Os homens de Alberto estariam fazendo o papel de transeuntes, e um táxi estaria esperando a hora certa para passar, e assim a coisa toda se passou.

A moça torceu o tornozelo, deu um grito e começou a chorar. O padre, aflito, a socorreu, apoiou-a nos braços e perguntou o que poderia fazer. Um dos homens da equipe passou junto deles e disse:

— Ih, Padre! O senhor vai ter que levá-la a um hospital, acho que ela quebrou o tornozelo — antes que o padre pudesse falar algo, correu para a rua e chamou o táxi.

O motorista abriu a porta do passageiro e pediu que o padre entrasse com a moça. Ele ainda tentou tirar o corpo fora, mas o motorista foi taxativo:

— Não vou levá-la sem o senhor, posso ser acusado de tê-la atropelado.

O coitado entrou no carro, resignado. No caminho, Clara tentava enxugar as lágrimas e segurava com força as mãos do acompanhante, dizendo-lhe que estava doendo muito. Passou a mãozinha pelo braço dele e deitou a cabeça no seu ombro. O padre sentiu um arrepio lhe percorrer a espinha, as suas pernas ficaram bambas. Começou a tremer um pouco e seu membro ficou duro. O que fazer? Não podia abandoná-la naquelas condições! Relaxou e aproveitou o que sentia.

Ao chegarem ao hospital, Tonico já os esperava, fazendo parecer que era por acaso. Entrou com os dois e foi para a sala de ortopedia. Simulou uma radiografia e informou à moça que havia fraturado o tornozelo, não era nada sério, mas teria que ficar quarenta e cinco dias sem trabalhar. Clara olhou desesperada para o padre, cuja mão não largava, e lhe disse:

— O que vou fazer? Preciso cuidar do meu filhinho e da minha casa.

O clérigo perguntou por seu marido e ela lhe disse, com a expressão mais triste do mundo, que ficara viúva, não tinha ninguém. O médico a engessou, recomendou ao padre que a levasse para casa e encontrasse uma maneira de ajudá-la. O homem, já meio caído por Clara, aceitou a missão.

Chegaram à casa, que não era a verdadeira casa da moça, e o padre a carregou nos braços até o sofá da sala. Ela lhe pediu, então, que pegasse o telefone, pois precisava falar com uma vizinha. Fingiu conversar com a amiga enquanto conversava com o detetive. Disse ao padre que a amiga chegaria somente mais tarde, trazendo o seu filho, e pediu que ele não fosse embora, pois estava sentindo muita dor. Começou a gemer baixinho e, novamente, deitou sua cabeça no ombro dele. Pediu que fizesse uma massagem na sua perna, porque aquilo aliviaria a dor.

Ele foi ficando descontrolado, muito excitado, olhando para aquele rosto lindo e perdendo a noção das coisas. Começou a beijá-la. Ainda tentou se conter, mas ela, entre gemidos, puxou-o para si e começou a tirar a roupa. Ele se perdeu em beijos naquele corpo lindo, a penetrou e sentiu um gozo profundo, como nunca havia experimentado. Após alguns minutos, a penetrou novamente e pode vê-la gozando intensamente.

Nunca mais seria o mesmo. Havia provado do delicioso

fruto proibido. Tudo foi filmado, o plano começava a dar certo. Agora teriam um aliado dentro da casa do cardeal corrupto.

Precisavam ainda de livre acesso ao interior da mansão para instalarem um equipamento de vigilância, e, para isso, tentariam aliciar uma das funcionárias da casa. Selecionaram duas moças que poderiam preencher o perfil desejado. Foram seguidas por alguns dias até descobrirem que uma delas era carola. Descartaram-na, mantendo a vigilância sobre a outra, que sempre voltava de bonde para casa. Colocaram uma agente para acompanhá-la todo dia. Aos poucos, a investigadora se aproximou e fez amizade com a moça. Descobriu que não gostava do emprego, pagavam muito pouco e ela estava com dificuldades financeiras. Não gostava de padres nem era religiosa. Era quase que caída do céu!

Foi procurada por um dos agentes, que lhe ofereceu uma grande quantia, suficiente para comprar uma casa e deixar algumas economias no banco para garantir seu conforto por muitos anos. A moça não pensou duas vezes, aceitou o trabalho imediatamente. Foi instruída nos procedimentos de colocar escutas nos telefones internos e nos aposentos. Em caso de necessidade, deveria facilitar a entrada dos agentes na casa. Foi alertada de que seria protegida, mas caso não cumprisse sua parte, estaria em maus lençóis, pois o mandante do plano era uma pessoa muito poderosa. Cumpriu a primeira parte de sua missão com habilidade e ficou aguardando as próximas ordens.

Totalmente enredado por Clara, o padreco retornou à casa dela outras vezes. Pensou até em largar a batina, mas ela o convenceu de que assim era melhor. Aos poucos, foi arrancando dele alguns segredos do cardeal. O homem era uma víbora, sem um centavo de honestidade. Havia desviado muito dinheiro da Igreja para sua família e para si mesmo, o padre sofria por ter que trabalhar com ele. Ela perguntou se havia outros cardeais assim. O amante respondeu que tinha certeza de mais um, pelo menos, Dom Cirilo, justamente o outro que deveria ser investigado. Disse-lhe ainda que Dom Cirilo era auxiliado por um padre muito corrupto, que estivera envolvido em casos de pedofilia abafados pela Igreja. Ela perguntou como ele sabia disso. Ele contou que tinha em mãos uma cópia do processo aberto pela Cúria, para protegê-lo de algum ataque por parte desses padres desonestos. Ela disse que gostaria de ver um documento assim, nunca tinha imaginado que esse tipo de coisa acontecesse na Igreja. Ele prometeu que lhe traria o documento.

Alberto e sua equipe festejaram os progressos nas duas frentes. Já conseguiam ouvir e gravar todas as conversas do cardeal Petrônio com seus comparsas. Acessaram os depósitos bancários feitos no exterior e começaram a criar um dossiê. Faltava somente o acesso à sua família espúria. Não tardariam a consegui-lo.

Em uma de suas visitas a Clara, o padre trouxe a cópia do processo. Quando a moça o levou para o quarto, tudo foi fotografado pelos detetives. Nesse dia ela perguntou ao amante se Dom Petrônio se relacionava sexualmente com mulheres. O padre abaixou a cabeça, tristonho, disse que a Igreja estava falida. Muitos padres tinham mulheres e ele mesmo, que antes abominava isso, agora também tinha. O cardeal tinha mulher e dois filhos. Ela, se fazendo de boba, perguntou se eles moravam na mansão do clérigo. O padreco disse que não, viviam numa casa nas imediações da cidade, uma espécie de sítio que não pertencia à Igreja, estava no nome do seu superior.

Não foi difícil descobrir o local. Ficaram alguns dias de tocaia e viram o religioso entrando na casa. Prepararam todo o equipamento necessário, filmaram e fotografaram tudo. Alberto levantou os documentos da compra da casa e verificou que havia sido feita de maneira ilegal, burlando os impostos. O plano estava quase completo, o dossiê terminado. Só faltava o confronto final com o cardeal, mas isso teria que esperar a evolução da outra investigação.

O processo contra o auxiliar do cardeal Cirilo era muito detalhado, continha os nomes das crianças das quais o pedófilo havia abusado. Antes de procurar as famílias desses meninos, certamente adultos agora, seria necessário penetrar nos segredos de sua casa. Novamente procuraram uma das funcionárias que fosse suscetível ao suborno. Não havia ninguém com o perfil adequado. Revisaram com cuidado todos que trabalhavam lá e acabaram por encontrar uma moça que tinha os dois primeiros nomes iguais aos de uma das vítimas. Seria ela uma das crianças abusadas? Passaram a segui-la. Era muito carola, ia à missa praticamente todo dia. Depois rumava para sua casa, de onde nunca saía. Embora fosse engraçadinha, morava com os pais e não tinha namorado.

Incumbiram uma das agentes de tentar fazer amizade com aquela estranha mulher. Ela foi extremamente cautelosa em sua aproximação. Durante vários dias, tomou a mesma condução, umas duas vezes sentou ao seu lado, mas não tentou puxar conversa. Saltava no mesmo ponto e ia à mesma igreja. Após cerca de quatro semanas, estando sentada do lado da moça, esta abordou a detetive.

— Reparei que você vai sempre à mesma missa que eu — disse a funcionária.

A agente respondeu titubeando, como se não a reconhecesse:

— É, não reparei, é mesmo?

— Você é nova por aqui? — perguntou a moça.

— Mudei-me para a cidade há cerca de dois meses. Acabei encontrando essa igreja que frequento e gostei dela. Das outras não gostei muito — disse, como se fosse tímida.

— Eu também só gosto dessa missa e com esse padre. Ele é muito sério — disse a funcionária.

— Você tem razão. Há padres em quem a gente não pode confiar. Eles olham para a gente de uma maneira estranha — disse a detetive.

— Você pensa que nem eu! — disse a outra, animada.

A detetive, então jogou a isca:

— Eu tive uma vez um problema com um padre. Tenho até vergonha de falar nisso.

A outra pareceu ficar aflita:

— Você pode confiar em mim, eu também já tive problemas com um deles.

— Bem, é que eu ainda era pequena, tinha somente 10 anos. O padre veio me confessar fora do confessionário. Estávamos sozinhos na igreja. Após algum tempo, começou a passar a mão em mim, enfiou entre as minhas pernas. Começou a me tocar ali... você sabe. Fiquei apavorada e saí correndo. Nunca tive coragem de contar nada para os meus pais. Fiquei um bom tempo sem ir à missa.

A outra abaixou os olhos e disse:

— Você teve sorte, comigo foi muito pior. Nem sei se tenho coragem de contar. Nunca falei disso para ninguém.

A investigadora prosseguiu:

— Talvez você se sinta melhor contando para alguém como eu, que já passou por algo parecido.

A funcionária, então, se abriu para ela:

— Esse padre me tocou como fez com você, mas depois tirou minha roupa de baixo. Depois, abriu a braguilha e botou o negócio dele para fora. Me obrigou a tocar naquilo e botar na boca. Ficou esfregando e gemendo e se aliviou no meu rosto. Eu tinha somente 11 anos. Senti um nojo tão grande que vomitei. Ele me segurou pelo braço, com força, a ponto de me machucar, e me disse que se eu não ficasse calada, providenciaria para eu ir para o inferno. Corri para casa e contei tudo para a minha mãe. A reação dela foi horrível. Disse que eu não prestava e que tinha vergonha de mim. Como eu poderia falar assim de um padre! Me bateu muito no rosto, até eu quase desmaiar. Quando, alguns dias depois, me recuperei, ela me obrigou a pedir desculpas. Ele sorriu cinicamente e disse para ela que desculparia tudo se eu fosse trabalhar na casa do superior dele, como penitência por tudo que eu havia feito. Até hoje trabalho para o cardeal Cirilo. Nunca mais consegui deixar que um homem me tocasse, minha vida está arruinada.

A detetive sentiu uma pena enorme. Pegou a conhecida pelo braço e a levou para a igreja. Depois da missa, combinaram de se encontrar no dia seguinte. Chegou arrasada à reunião, e quando contou a história da moça, todos ficaram muito calados. Alberto tentou, inutilmente, refrear seu ódio e desprezo por aquele animal. Disse que teriam que ter paciência e cuidado. Quando tivessem os cardeais na mão ele daria um jeito nesse cretino. Iria persegui-lo e esmagá-lo sem clemência — uma ameaça dele era algo muito sério, e todos sabiam disso.

Cerca de duas semanas após a primeira conversa, a detetive disse à funcionária, de quem continuava amiga, que seu psiquiatra conhecia um grupo de pessoas que queria punir esse padre. Talvez ela pudesse ajudar. A moça disse que faria qualquer coisa para se vingar dele. Foi levada a um falso grupo, constituído por alguns dos detetives, e eles pediram que os ajudasse colocando escutas na casa. A moça concordou, e foi treinada para executar a missão.

As escutas revelaram algo ainda mais inesperado. Dom Cirilo era pederasta, mantinha relações com rapazinhos, e quem lhe arrumava os garotos era justamente seu auxiliar. Parecia haver uma rede de prostituição infantil disseminada pela cidade, e os padres se serviam disso. O padre pedófilo, obviamente, não queria que as mulheres tivessem poder para processá-lo, e exigiu que o cardeal lutasse contra as mudanças. Parecia incrível que um país inteiro sofresse por causa desses depravados.

Alberto sabia que agora estava lutando uma guerra santa, logo ele, que não tinha religião. Achava que os livros considerados sagrados eram pueris, absurdos, cheios de incongruências, cópias de cópias de cópias. Remontavam a escrituras muito antigas, procedentes da Índia, que haviam se originado em tempos ainda mais remotos. Haveria neles alguma verdade? Não sabia, e tampouco perdia tempo pensando muito nisso. O que sabia com certeza é que deveria travar sua batalha contra esses monstros, e com muito cuidado para não haver um confronto direto com o Vaticano. A maioria da população era católica, e não queria ir de encontro ao seu povo. Faria as coisas de modo que a Igreja não se apercebesse do que estava acontecendo.

Mas, se necessário, tornaria esse escândalo público. Pessoalmente, nada tinha a temer. Havia consolidado sua fortuna em países não católicos, onde a interferência das organizações religiosas nos negócios públicos não era tolerada. Era um grande banqueiro, e tinha o apoio de seus pares. Sempre haviam constituído uma sociedade fechada, que norteava a política dos países mais progressistas. Poder-se-ia, na verdade, dizer que eram os verdadeiros donos do mundo. Muitos dos negócios dos Silveira eram herméticos, vedados ao conhecimento geral. Lidavam com reinados e dinastias, e as tinham sob o seu jugo.

Alberto não queria usar de violência, não era do seu feitio. Mas se fosse obrigado, não hesitaria, apesar de saber que iria carregar o peso consigo pelo resto de sua vida.

Reuniu os subordinados e lhes disse que lamentava ter que tomar atitudes mais drásticas com respeito a esses criminosos. Aqueles que não se sentissem à vontade com a ideia de que, talvez, a investigação a partir dali demandasse violência, deveriam se retirar do caso e manter sigilo absoluto em relação a tudo que acontecera. Alertou-os de que convocaria seguranças de todas as suas instituições para formar uma força especial, uma vez que não poderia contar e nem revelar suas ações para a polícia nacional. Aqueles que ficassem teriam suas ações protegidas e garantidas pessoalmente por ele.

Ninguém abriu mão de sua posição. Após esse dia Alberto nunca mais deu detalhes da investigação para Bernadete e Luiza, não queria que soubessem de muitas coisas relativas às ações dos Silveira, naquele caso e em outros do passado. Seus filhos, oportunamente, seriam informados dos negócios de família, quando ele estivesse mais velho. Somente Pati estava a par do passado. Era mais forte que ele, e tinha conhecimento de todos os negócios da família. Dos dois irmãos, aquele que sobrevivesse contaria tudo para os herdeiros antes de morrer, mas nem a ela Alberto confiou seu novo empreendimento.

As ações do grupo, agora quase transformado num pequeno exército, começaram a se efetivar. Aos poucos começaram a entender como operava a rede criminosa. As crianças eram aliciadas por clérigos, professores, vendedores de guloseimas, babás, inspetores de alunos e pelos próprios adolescentes, com a participação ou conivência de muitos policiais e alguns políticos. Tudo foi sendo catalogado de maneira impecável. Cada arquivo era pessoal, continha tudo que sabiam da vida daquele indivíduo e mostrava suas relações com o grupo, a que célula pertencia e quais eram suas funções na organização.

A guerra seria declarada assim que os projetos de lei fossem aprovados no Congresso, mas, para isso, era preciso concluir a investigação inicial.

Alberto sugeriu a Luiza que preparasse alguns projetos dando igualdade total às mulheres. O único que deixariam para mais tarde seria o projeto do divórcio, ele achava que ainda não era hora de cutucar a onça — o Vaticano — com vara curta, poderiam botar tudo a perder se arriscassem agora. Lu aceitou a opinião e se pôs a preparar o resto das medidas. Assim que ficaram prontas, foram discutidas em mais uma assembleia privada. Dessa vez, os parlamentares ficaram preocupados com a firmeza de Alberto e prometeram aprovar todas as medidas, desde que a Igreja se retirasse da disputa. Ele disse que estava providenciando. As medidas começaram a tramitar no Congresso.

Em uma das ausências do cardeal Cirilo, os homens de Alberto foram introduzidos secretamente na casa pela funcionária. Instalaram o equipamento necessário para registrar as perversões dos dois clérigos. As filmagens ficaram perfeitas.

O confronto entre a equipe e os cardeais começou com o mais corrupto, Dom Cirilo. Em uma de suas saídas com seu auxiliar seu carro foi bloqueado pelos homens de Alberto e os dois religiosos foram vendados e levados para um local secreto. Lá, um estrangeiro, homem de confiança de Alberto, conversou com os dois reféns. Mostrou-lhes os filmes e disse que deveriam se retirar de cena, o cardeal se aposentaria e o padre largaria a batina, do contrário suas canalhices seriam reveladas para todo o país, depois do que, obviamente seriam mortos.

Deu-lhes as devidas instruções de como proceder. Se tentassem qualquer estratagema, seriam eliminados com crueldade, a mesma que haviam usado contra suas pobres e inocentes vítimas. Estavam lidando com pessoas muito poderosas, vindas de outro país e que não deviam obediência ao Vaticano. Seriam perseguidos no mundo inteiro se necessário, e quanto mais esse processo se alongasse, pior seria sua morte. O prazo para que cumprissem o ordenado era de cinco dias.

Em três dias o cardeal Cirilo pediu seu afastamento, alegando problemas de saúde. Alertou à Cúria de que sua decisão era definitiva. Iria se retirar para uma propriedade da sua família e viver pacatamente os poucos dias de vida que lhe restavam. O padre alegou que sem o cardeal sua vida como clérigo não fazia sentido, e havia decidido largar a batina. O Vaticano aceitou a renúncia do cardeal sem se aperceber de que algo estava errado. Deram graças a Deus pela saída do padre, era menos um problema para contornar.

Dom Petrônio foi abordado pelo mesmo homem em sua própria residência, com a ajuda do padreco, já totalmente enredado por Clara. Faria qualquer coisa por ela. O cardeal ficou estatelado com os filmes que lhe foram mostrados. O homem, então, lhe disse que representava uma potência estrangeira que desejava que as reformas legais se processassem de acordo com os novos projetos de lei encaminhados ao Congresso. Se ele se opusesse, seria perseguido implacavelmente e exposto ao escrutínio público. Poderia até, quem sabe, sofrer alguma violência. Recomendou que tivesse juízo, aguardasse cerca de um ano e se aposentasse. Assim poderia viver em paz com sua família.

O cardeal acatou as recomendações. Afastou-se definitiva e rapidamente do cenário político e após um ano, se aposentou. Assim que a oposição da Igreja se retirou, e antes que algum outro clérigo se opusesse, as novas medidas foram rapidamente aprovadas. Houve festejos em todo o país comemorando a vitória dos progressistas. O nome de Luiza passou a ser reconhecido como o de uma mulher muito além de sua época. Ela e Bernadete se tornaram celebridades, uma por suas ações políticas e outra pelas ações sociais. Quando a Igreja se apercebeu do que havia ocorrido, já era tarde demais. O Vaticano achou por bem apoiar as medidas, do contrário perderia muitos fiéis.

O padreco acabou largando a batina e foi viver com Clara, que agora possuía uma boa quantia em dinheiro como pagamento por sua colaboração. A moça havia realmente se apaixonado por ele. Coisas da vida!

A funcionária de Dom Cirilo foi recompensada e aconselhada a esquecer tudo o que se passara. Desejava realmente começar vida nova, e foi levada para outro país, com emprego garantido e indicações para que se tratasse com um bom psiquiatra.

***

A festa para comemorar a volta de Bernadete e Olívia foi um sucesso, todos cantaram e dançaram muito. Terminou com uma belíssima apresentação de Luiz ao piano. Alberto estava relativamente bem de saúde, sentia-se melhor com a presença de sua mulher. Pôde conversar com velhos companheiros e com seu grande amigo Tonico sem pensar em exames médicos.

Luiz Alberto tinha crescido um menino tristonho, de poucos amigos e sem muito ânimo para participar de brincadeiras. Desde bebê gostava mesmo era de ouvir música. Sentava-se por horas ao lado de Alberto, se deliciava com as melodias que o pai tocava. Tinha uma cabeça musical e, muito cedo, demonstrou possuir um ouvido absoluto. Alberto podia tocar qualquer nota que o filho lhe dizia corretamente qual era.

Era muito bonito. Tinha o tipo de Luiza, mas com os olhos muito azuis, e aquela mistura de cabelos negros e olhos claros deixava as garotas alucinadas. Destruiu muitos corações, teve uma juventude cheia de aventuras sexuais. As mulheres, mais uma vez, não resistiam aos seus encantos de homem, mas, como o pai, era muito educado, e embora as deixasse loucas, elas nunca se zangavam.

Começou a aprender piano aos quatro anos de idade, e mergulhou fundo no universo musical. Como pianista foi menino-prodígio, e completou muito cedo seus estudos de regência e composição. Ganhou todos os prêmios nos concursos de que participou. No colégio, era brilhante como o pai, e terminou os estudos precocemente. Para completar sua formação musical estudou em vários países. Decidiu que alternaria a vida entre ser solista e maestro, e foi muito bem-sucedido desde o início.

Alberto foi a força motriz por trás de suas realizações iniciais, mas depois de um tempo, o rapaz ganhou o mundo por si mesmo. Foi o mais jovem maestro a ocupar o posto de regente de uma grande orquestra sinfônica. Era muito requisitado, mas sempre arrumava um tempinho para visitar seu mentor. Os dois eram muito cultos, conversavam sobre qualquer assunto, e sempre terminavam com a música. Luiz compunha desde criança e foi reconhecido como um grande compositor desde o início de sua carreira. Gostava de música erudita e, diferente do pai, não ligava para a música incidental, que era o domínio de Alberto. Gostava, entretanto, de ouvir e analisar as composições do pai, e o achava um compositor criativo e brilhante.

Seu relacionamento com Luiza era quase passional, tinha um ciúme doentio da mãe. Quando saía com ela, era sempre um problema. Os homens, com razão, a achavam linda, e, alguns lhe diziam elogios e gracinhas. O menino ficava furioso, partia para cima dos incautos. Francisco, a princípio encarregado de ser o escudeiro da patroa, acabou solicitando ao Dr. Alberto que contratasse um guarda-costas mais avantajado, a fim de evitarem maiores problemas.

O escolhido chamava-se Inácio. Não tinha nada de santo e era uma parede. Trabalhou para Luiza até a velhice, quando morreu de um infarto fulminante, e cuidou dela com se fosse a joia mais preciosa do planeta. Tinha uma admiração profunda pela patroa e achava, dentro de sua cabeça pequena, que ela era uma princesa de verdade. Luiza fez o que pôde pela família do seu fiel segurança durante e após sua vida de servidor fiel.

Pois Luiz, com toda a sua inteligência, também achava que a mãe parecia uma princesa — rainha, não, porque geralmente são velhas e antipáticas; conheceu muitas delas e teve que aceitar exceções em alguns países nórdicos. Sempre foi muito amigo de Luiza, a quem tudo perdoava. Sabia que tivera um relacionamento com Alberto — alguém lhe contara o episódio da igreja — e tinha quase certeza de que esse relacionamento persistia. Rezava para que isso fosse verdade, porque não podia se imaginar filho de Claudio. Abominava aquele homem que vivia sub-repticiamente próximo a eles.

***

Alberto estava em uma sala muito branca, não conseguia definir as paredes daquele cômodo. Ouvia um barulho de festa que vinha de algum lugar próximo. Tentou encontrar uma porta, mas não conseguiu. Ouvia vozes familiares. Seriam seus pais? Não era possível, já haviam morrido muitos anos atrás. De repente a voz de Bernadete soou, clara e límpida. Ela ria e cantava, conversava com alguém. Espere! Era a voz de Alice! Mas como poderia ser? Ela se fora há tanto tempo... Começou a chamar por elas. Tentava gritar, mas sua voz saía baixa, sem força. Sentiu um toque nas costas, fechou os olhos. Era sua mulher que o acariciava, reconheceria aquele toque em qualquer momento e lugar. Não quis se virar, ficou com medo de que ela desaparecesse e levasse consigo sua filhinha. Não conseguiu se controlar e começou a chorar, pedindo baixinho que não levasse Lilica embora, sentia tanta saudade da sua menininha! Sentiu os dedinhos dela batendo sobre o dorso da sua mão. Como aquilo era gostoso! Ouviu seu riso de criança e sentiu seus cabelos lhe roçarem os braços. Começou a ouvir uma respiração pesada, com esforço, e foi despertando aos poucos.

Olhou o relógio. Eram três da manhã. Lembrou-se da festa, virou-se e viu que sua mulher dormia com dois travesseiros e respirava com dificuldade. Que estranho! Ela sempre dormira com travesseiro baixo, detestava dormir de outra maneira. Talvez tivesse bebido muito e não estivesse passando bem. Resolveu não acordá-la. Começou a pensar no convite que lhe haviam feito para musicar um novo filme, de ação, cheio de situações perigosas. Veio-lhe à cabeça a memória daqueles tempos em que investigara a quadrilha de pedofilia.

Após a aprovação das leis, tinham começado a pensar no projeto do divórcio, que demandaria muita propaganda durante um longo tempo. Talvez fosse preciso aguardar um bom número de anos, calcularam que cerca de dez seriam necessários para mudar a opinião das pessoas. Mas outros países estavam aprovando o divórcio e tudo seria somente uma questão de tempo. Estavam ficando mais velhos, tinham mais paciência com as coisas.

No momento Alberto precisava desmantelar a absurda quadrilha de abuso de menores. Sabia que outros países haviam falhado nisso, mas o seu era pequeno, seria possível levar a cabo o seu intento. Começou a investigação tentando descobrir quem eram os reais mandantes daquela horda de malfeitores. O líder era um senador de quem não gostava. Era assessorado por dois deputados federais, três chefes de polícia, vários policiais e toda uma legião de indivíduos mais ou menos marginais. Sua organização chegou à conclusão de que não poderiam derrubar esses políticos nas urnas. Eram muito populares. Também seria difícil lidar com os policiais corruptos.

A decisão era clara, porém difícil de ser tomada. Alberto resolveu colocar em votação a atitude óbvia, e todos votaram por liquidar sistematicamente os criminosos. A justiça, omissa em casos anteriores, não os ajudaria em nada.

Para que pudessem agir com tranquilidade, primeiro teriam que distrair a Igreja e terminar com os cardeais, como haviam planejado desde o início. Uma denúncia anônima de sonegação fiscal envolveu em escândalo Dom Petrônio, que a despeito da interferência da Igreja foi levado aos tribunais, e teve sua vida exposta ao público. Foi execrado pelo povo e abandonado pelo Vaticano. Terminou sua vida em estado de extrema pobreza e em prisão domiciliar. Com o cardeal Cirilo, as coisas foram diferentes. Foi encontrado morto em sua casa, e o caso dado como suicídio. O Vaticano o excomungou postumamente.

Não foi suicídio. Foi a primeira execução do grupo, que começou a agir de maneira rápida e contundente. O senador foi assaltado em sua casa e assassinado, e os dois deputados atraídos para um negócio espúrio no exterior. Voaram em avião particular, pilotado por dois aviadores que faziam parte do bando de tráfico de menores. O avião explodiu no ar. Não houve sobreviventes. Os líderes da quadrilha tinham sido eliminados. Restavam os policiais e seus asseclas.

Não seria fácil eliminar tantos criminosos. Um dos chefes de polícia, o mais poderoso, morreu num acidente automobilístico quando voltava para casa. Ninguém desconfiou de nada, a não ser os outros integrantes da quadrilha. Outro chefe, com medo, se aposentou e foi para o estrangeiro. Um ano depois, se afogou pescando num lago. A polícia local deu o caso como acidente. O terceiro fez a sua própria cama: foi apanhado em uma orgia com menores, condenado a vinte anos de cadeia e depois assassinado por algum prisioneiro. Nunca descobriram quem foi. No espaço de cinco anos, da quadrilha original quase não sobrara mais ninguém vivo. Acidentes acontecem!

Quando tudo terminou, Alberto se sentia muito cansado, havia travado uma guerra difícil e violenta contra aqueles marginais. Estava exaurido, sem forças, precisava descansar por uns tempos. Não compartilhou com ninguém os momentos horríveis por que passou, teve que carregar sua culpa sozinho. A operação foi dispersada e seus componentes se espalharam pelo mundo. Nenhum deles nunca mais tocou no assunto. Delegou poderes em sua grande firma de advocacia e Luiza assumiu a direção executiva. Retornou ao repouso de sua casa e voltou a compor, para nunca mais parar.

***

Quando acordou, na manhã seguinte à festa, Bernadete ainda dormia. Ressonava pesadamente. Alberto notou que as pontas dos dedos de sua mão estavam congestionadas, vermelhas. Levantou o lençol que a cobria, e notou que suas pernas estavam inchadas. Ela já estava com setenta e sete anos, a idade cobrava o seu preço. Tinha sofrido tanto, ele nem podia imaginar o quanto. Ficou muito preocupado com ela. Levantou-se com todo o cuidado para não acordá-la e foi até o quarto de Olívia, que sempre dormia lá quando ficava na casa até tarde. Balançou a filha levemente, até que ela acordasse. Demorou para se fixar na realidade e lhe perguntou se havia acontecido algo com a tia.

— Você também acha que algo vai mal com sua tia? — perguntou Tinho.

— Ela não se sentiu muito bem durante a viagem. Ficou muito cansada — disse Olívia, bocejando.

— Você notou o inchaço nas pernas dela?

— Em alguns momentos estavam bastante inchadas sim — respondeu Olívia.

— Ela precisou de colocar dois travesseiros para dormir? — perguntou ele.

— Dormiu o tempo todo assim.

— Alguma outra coisa diferente aconteceu?

— Ela está urinando muito pouco, eu acho.

Alberto sabia que algo estava muito errado. Lembrava-se de Alice, que, no final, quase não urinava. Esperou uma hora e ligou para Tonico, contou-lhe o que estava se passando com a mulher. O médico disse que precisava examiná-la no hospital. Não ia ser fácil convencê-la a ser examinada, ela era muito descuidada com a saúde. Tinho achava que ela ficara com medo depois do que acontecera a Lilica. Estava muito preocupado. Sentia em seu coração que algo ruim iria acontecer, não havia se preparado para isso, sempre pensava que iria embora antes de todos os outros. Estava doente há tanto tempo que não imaginava que alguém da família pudesse morrer antes dele.

Esperou Bernadete acordar e lhe disse que se aprontasse para ir ao hospital, se consultar com Tonico. Ela ainda tentou recusar, mas o marido foi tão enfático que acabou por obedecer. Foi submetida a vários exames, radiografias, ecocardiograma, eletrocardiograma, sangue e urina. O médico foi taxativo. Estava com cardiomiopatia dilatada, hipertensão arterial e um início de insuficiência renal. Em resumo, o coração estava insuficiente e o rim estava falhando por causa disso. Seu caso inspirava cuidados e iniciariam o tratamento o mais rápido possível.

Bernadete pareceu não se importar. Disse ao marido que estava velha e preparada para morrer. Tinho pediu que não falasse daquele jeito, havia tratamento, ele não planejava perdê-la. Devia parar com essas bobagens e começar a se tratar. Ficou muito amolado na volta para casa e não quis conversar quando ela tentou puxar assunto. Ela nunca o vira dessa maneira. Reconheceu que estava preocupado e ficou com pena dele, não queria que sofresse mais do que já havia sofrido durante sua vida. Pegou na mão dele e o acariciou. Aquilo acalmou o marido, mas não lhe deu tranquilidade.

Assim que teve uma oportunidade a sós com Olívia, Alberto a fez entender que sua tia estava muito doente e precisava de repouso. Não poderia mais se aborrecer com a Fundação. Pediu que assumisse todas as responsabilidades e se assessorasse muito bem, para que as coisas corressem sem tropeços.

Logo no início do tratamento, o quadro clínico de Bernadete apresentou uma melhora significativa, e o marido resolveu passar uns tempos no litoral, para que ela pudesse esquecer os problemas que enfrentava em sua vida diária. A princípio iriam somente os dois. Luiza os encontraria quando pudesse.

Mais ou menos na época em que o assunto da quadrilha de pedófilos foi resolvido, tendo Alberto decidido afastar-se dos assuntos públicos, seu tio Jorge faleceu. Os primos Paulo e Flavia estavam residindo fora do país e não pretendiam voltar. Sua tia Ana Maria resolveu voltar para o interior e morar com Teresa e Carlos, pais de Alberto, então ele comprou a casa da praia e começou a levar a família para lá, sempre que possível. Era uma festa só. Ficavam todos juntos sob o mesmo teto, passeavam muito, tomavam banho de mar e faziam fogueiras à noite, e com isso Tinho esquecia os problemas. Cercado das pessoas que amava, voltava a se sentir feliz. O resto do mundo parecia distante.

Bernadete e Luiza adoravam o lugar, onde comiam muito peixe e frutos do mar. Compraram um barco, grande o suficiente para todos, e passaram a conhecer todo o litoral daquela parte do país. Foram muitas e inesquecíveis as idas para a casa da praia, aguardadas com ansiedade pelas crianças. Alguns deles já estavam na idade de namorar, e era o lugar ideal para conhecerem outros jovens. Luiza e Alberto gostavam de nadar em alto mar e o faziam frequentemente. Havia uma praia deserta que só podia ser alcançada por mar, onde os dois se amavam sempre que podiam. Foram muito felizes ali. Continuavam apaixonados, e naqueles encontros se comportavam como no início do namoro, andavam de mãos dadas, faziam planos para o futuro. Fingiam que a vida não havia passado, haviam acabado de se encontrar sob o salgueiro, à beira do rio. Lá, todo o universo era deles, sem impedimentos nem preconceitos. Guardaram na memória, com carinho e muito cuidado, aqueles momentos tão preciosos. A felicidade é sempre feita de pedacinhos de alegria, prazer e paz, coisas que ali tinham de sobra.

Nessa época, as grandes corporações começavam a comprar seus próprios aviões, para que os grandes executivos pudessem transitar com mais facilidade. Alberto então resolveu comprar um avião moderno, que pudesse dar conforto a ele e à sua família. Viajaram muito juntos. Algumas vezes iam só ele e Luiza, resolviam os problemas administrativos e depois aproveitavam para passear bastante. Em outras, Bernadete se juntava a eles. Não gostava muito de viajar, preferia ficar em casa com os filhos e sobrinhos.

Quando Tinho e Lu viajavam sozinhos, aproveitavam muito. Era o mais próximo que podiam chegar de uma vida de casados. Dormiam juntinhos e se amavam muito.

No litoral, Tinho providenciou para que Bernadete tivesse todo o conforto possível. Mandou construir na praia uma barraca de sapê para que a esposa pudesse ficar na sombra a maior parte do tempo. Preparou com antecedência todas as facilidades médicas, providenciadas por duas enfermeiras e alguns empregados, alojados na casa de hóspedes para que o casal tivesse um pouco de privacidade. Na casa, que dava direto na areia, só uma enfermeira de plantão e a cozinheira.

O avião particular os levou até o pequeno aeroporto local, onde uma limusine os esperava para levá-los à casa. Bernadete estava feliz, gostava de sentir o cheiro do mar, a brisa acariciando a pele. Ouviam música e comiam uma comida frugal, à base de pescados, verduras e muitas frutas. Conversavam muito. Lembraram o tempo em que se conheceram, os primeiros passeios, o prazer que sentiam com a presença um do outro. Em uma das conversas, Bernadete perguntou:

— Você foi realmente feliz comigo?

— Fui muito feliz ! — respondeu ele.

— Sei que você amou muito a minha Lilica, mas não sei se me amou de verdade — disse ela.

— Amei Alice profundamente, mais do que o meu coração podia aguentar. Nunca me recuperei de sua perda. Muitas das coisas horríveis que tive que fazer na vida tinham como objetivo honrar a memória dela dentro do meu peito. Precisava fazer alguma coisa pelas crianças, porque aprendi a amá-las por intermédio do sentimento que nutria por Lilica. Já meu amor por você surgiu e tomou conta de mim, sem que eu pudesse fazer nada. Quando percebi, estava completamente enredado. Fiquei muito dividido no começo, amava Luiza e não sabia como lidar com esses dois sentimentos simultâneos. Não tive forças para me afastar de você, mas você e Lu resolveram por mim. Eu não poderia me separar de nenhuma das duas. Tudo que fui e sou devo a vocês.

— Minha vida com você foi muito boa, Tinho. Te amei muito, nunca pensei que fosse amar um homem assim, mais do que amei Fernando. Tive por você um amor tão grande que me fez ultrapassar suavemente todas as barreiras, sem sentir pesar, ciúme ou dor. Nossa vida foi estranha, incomum, mas foi o maior presente que eu poderia receber. Sua gentileza comigo não teve limites, você foi sempre o melhor companheiro. Amei toda a nossa família com muita paixão. Quando me for, sentirei muitas saudades.

— Não fale assim, lindinha. Ainda vai ficar muito tempo conosco. Não posso me imaginar sem a minha ruivinha.

— Você tem Luiza — disse ela.

— Luiza te ama. Vai sofrer muito se te perder — disse Alberto, muito triste, com os olhos cheios d'água.

— Promete que cuida de todos por igual? — ela perguntou.

— Prometo, já está tudo feito. Todos, inclusive Paulo, vão receber partes iguais — falou, amuado.

— Você é muito bom para mim. É meu amor muito querido!

Ela a abraçou longamente, depois a beijou. Aquela conversa o entristecera, não queria perdê-la, e agora sabia, lá no fundo, que existia essa possibilidade. Preferia partir primeiro, era a ordem natural das coisas.

Passaram mais uma semana juntos e Olívia apareceu para buscá-los. Veio cheia de novidades e alegrou muito a casa. Luiza mandou recado, dizendo que estava muito ocupada no escritório. Não era verdade, queria deixá-los sozinhos para que pudessem conversar à vontade.

Voltaram sem maiores problemas e a vida retomou seu curso normal. Os filhos de Bernadete e Luiza visitavam com maior frequência, o que os alegrava muito. A casa ficava repleta para o almoço de domingo, como antigamente. Filhos e netos faziam sua algazarra costumeira. Luiza passou a frequentar a casa diariamente, e muitas vezes dormia lá. As conversas das duas amigas pareciam intermináveis.

Alberto sempre tentava imaginar de onde vinha tanto assunto. Ao contrário dos homens, as mulheres sempre contam tudo nos mínimos detalhes. No meio de seus relatos, divagam em considerações paralelas, depois retornam ao tema principal com a maior naturalidade. Em meio a tantos meandros, os homens se perderiam sem volta, bom, vá lá! O importante é que se deliciava ouvindo os risos e cochichos de seus dois amores.

***

Estava sentado no parque. Tudo lhe parecia mais colorido. Ouvia ao longe uma música muito bonita, mas muito triste. As crianças brincavam distantes. Ele se olhou, reparou que ainda era moço. Ficou quieto, sentindo o prazer que aquilo lhe dava. De repente, sentiu o impacto de uma bola. Era a bola de palhaços de Lilica. Olhou para eles e viu que choravam. Ficou muito triste e começou a chorar também. Sentiu uma mãozinha lhe tocar a perna. Era Alice, lhe pedindo para não chorar. Tentou abraçá-la, mas ela fugiu. Tentou correr, mas suas pernas não obedeciam. Gritou, "Volta, volta!", não conseguia mais vê-la. Ficou muito agitado, gritou mais ainda. Viu Lilica de longe, estava com alguém. Quem? Não conseguia distinguir as feições. Aos poucos, tudo foi ficando claro. Era Bernadete. Estava linda, com os olhos azuis e os cabelos ruivos ao vento. As duas sorriam para ele. Tentou alcançá-las, mas não conseguiu. Elas foram se afastando, enquanto ele gritava mais. As duas se viraram e, sorrindo, lhe deram adeus. Veio uma luz forte e o cegou. Quando pôde enxergar de novo, não viu mais ninguém no parque, e sentiu uma enorme solidão.

Acordou tremendo, com o coração aos pulos. Custou a se acalmar. Ao seu lado, Bernadete respirava pesadamente. Levantou--se, foi ao banheiro, e, quando voltou, pegou uma lanterna para olhar se tudo estava bem. Ela dormia pesado, a boca ligeiramente aberta e pendendo para um dos lados. Ficou em pânico. Tocou-a, e ela não se moveu. Pegou no seu braço, que lhe pareceu muito pesado. Quando o soltou, caiu sem reação. Ficou desesperado, tentou acordá-la sem resultado.

Gritou pela enfermeira, que também tentou estimular a paciente, sem obter resposta. Chamaram uma ambulância, ligaram para Tonico. No hospital lhe disseram que ela havia sofrido um AVC e estava em coma profundo. Tonico providenciou os exames mais urgentes, e veio lhe dar o resultado. Era um acidente hemorrágico massivo, seria tudo uma questão de horas, não havia esperança de recuperação. Alberto ouviu tudo, como se fosse um sonho. Sentou-se muito pálido e começou a chorar. Não quis que ninguém se aproximasse. Como iria dividir aquela dor tão imensa com outra pessoa? Teve vontade de gritar, de socar as coisas. Não tinha mais forças. Ela estava indo embora para sempre, a sua querida, o seu bem. Sentiu uma enorme falta de ar. Como iria respirar sem a presença dela? Havia amado tanto aquela mulher! Ficou muito quieto em um canto, como um menino assustado.

Luiza chegou e se aproximou. Ele olhou para ela e disse:

— Perdemos o nosso amor!

Ela sentou-se ao seu lado, o abraçou e o ninou, como se

fosse uma criança. Ficaram assim por muito tempo. Tonico veio, então, dizer que poderiam ficar com ela no quarto. Os filhos todos vieram se despedir, depois deixaram Lu e Tinho sozinhos com ela. Sentaram-se ao seu lado, ele pegou na sua mão e levantou-se para dar-lhe um beijo. Ficaram olhando para ela, calados. A respiração de Bernadete foi ficando irregular, cada vez mais espaçada... até que parou de vez.

O enterro foi um acontecimento, na cidade e no país. O corpo foi velado no Congresso Nacional e milhares de pessoas vieram vê-la. Bernadete, que nascera humilde, se tornara uma mulher famosa e mundialmente reconhecida. Foi lembrada, com justiça, por sua bondade e nobreza de caráter, e sepultada ao lado de Alice na cripta dos Silveira. Uma estátua sua foi erigida no Parque dos Seis Portões.

Capítulo 4
Alberto e Luiza

Na época em que comprou a casa da praia, Alberto se reaproximou dos pais, Carlos e Teresa, que vieram visitá-lo muitas vezes no litoral. Gostavam de estar com as filhos e netos. Pati vinha também com frequência, trazendo a criançada. O casal estranhava aquela relação triangular que Tinho mantinha com Bernadete e Lu, mas nunca comentavam nada. Não sabiam, na verdade, o que se passava na intimidade. Notavam que os três se ausentavam regularmente, às vezes por um dia inteiro. Quando voltavam, até parecia que tinham bebido, ele abraçado às duas e os três felizes como crianças. Ninguém mais na casa parecia estranhar aquele comportamento, e os dois foram deixando para lá seus questionamentos. Se os outros não se incomodavam, porque não fariam o mesmo? Esqueceram o assunto.

Passado algum tempo, Carlos começou a apresentar problemas cardíacos graves. Precisava repousar, e a casa da praia lhe parecia ideal. Conversou com o filho e pediu que assumisse os seus negócios. Alberto chamou Pati, e decidiram dividir as responsabilidades, já que os dois eram herdeiros. Em uma das visitas que fez aos pais no litoral, Alberto saiu para passear com Teresa, que pediu para conversar a sós com ele. Estava muito preocupada com a saúde do marido, e avisou ao filho que os médicos haviam dito que Carlos tinha pouco tempo de vida. Fez menção ao erro que haviam cometido com relação a ele, e disse que ambos se culpavam por isso.

Alberto a abraçou, disse-lhe que tudo aquilo havia ficado no passado. Pediu que guardasse segredo do que contaria a seguir, e que só mencionasse a seu pai se achasse que ele iria aceitar sem problemas. Explicou-lhe que não pudera consertar aquele erro, mas nunca havia deixado de estar com Luiza. Ele, Lu e Bernadete eram amantes, e viviam muito bem assim. A vida os tinha empurrado para isso, e estavam satisfeitos com o arranjo. Disse à mãe que Olívia e Luiz eram seus filhos, e, portanto, netos deles também. Não gostaria que morressem sem ficar sabendo disso.

Teresa ficou tão contente com a última notícia que nem ligou para todo o resto. Quando ficou a sós com o marido, lhe contou tudo, e ele também se alegrou com a novidade. Ainda teve dois anos para aproveitar os netos. Morreu dormindo na casa da praia. Ana Maria também já havia falecido e Teresa foi morar com Pati.

O projeto de lei do divórcio ainda demorou 10 anos para ser apresentado ao Congresso Nacional. Lu e Tinho queriam que a época fosse exata, para não haver impedimentos. O senador Figueira, ainda membro do senado, defendeu a causa com unhas e dentes, foi a coroação de sua carreira. A lei finalmente foi aprovada. Mais uma vez, os Silveira haviam contribuído para uma sociedade mais justa.

Luiza foi muito homenageada, cultuada pelos meios de divulgação. Junto com Bernadete, recebeu a medalha da Ordem de Mérito Nacional, e naquele ano só se falou nas duas. Ficaram exaustas de tantas recepções e cerimônias a que tiveram que comparecer. O projeto político dos três estava completo. Finalmente, poderiam se retirar do cenário público, já estava na hora, depois de quase toda uma vida de lutas.

Na mesma época Claudio faleceu de um enfarto fulminante. Foi enterrado numa cerimônia simples, com poucas pessoas presentes. Dos "filhos", só Paulo compareceu. Olívia e Luiz mal o conheciam. Luiza, finalmente, se viu inteiramente livre. Pôde abrir a casa novamente, deixar o ar puro circular. Não o odiava, mas também não podia perdoá-lo por ter roubado a vida normal com que sonhara. Passou uns dias na casa de Tinho e Bernadete durante as obras. As paredes foram derrubadas, e tudo repintado para apagar os vestígios do marido.

Foi uma época muito alegre para Luiza. Sentia-se leve e livre, podia andar em paz por onde quisesse. Continuava a nadar no clube, com suas amigas de sempre. Lá encontrava Tinho e Tonico, conversavam muito e depois almoçavam juntos. Às vezes, Bernadete também ia, gostava de ouvir as histórias de Tonico, os casos que tinha aprontado na época da escola e depois no hospital.

Um deles era muito interessante. O diretor da escola onde estudavam era um padre muito pernóstico e ambicioso. Sonhava com um bispado, e estava sempre bajulando seus superiores. Tinho e Tonico não suportavam o religioso. Um dia, Tonico chegou excitado com uma descoberta que havia feito. Tinha ido a um bar com uma de suas namoradas — ele tinha várias — e visto um garçom que era idêntico a um dos bispos de uma cidade próxima. Havia sondado "inocentemente" o diretor da escola e chegado à conclusão de que este não conhecia o bispo pessoalmente. Precisavam bolar um plano para pregar uma peça no padre, e é óbvio que Tinho tomaria parte na empreitada. Reuniram mais dois colegas e se puseram a traçar as diretivas da peça a ser pregada no clérigo. Precisavam, primeiramente, conseguir um papel timbrado vindo da diocese do referido bispo, com uma cópia do seu lacre. Não foi difícil. Subornaram uma das faxineiras do palácio bispal que lhes deu uma das folhas e uma cópia do lacre em massa de moldar. Pagaram a um joalheiro seu conhecido para fazer uma matriz do lacre. Depois, procuraram o garçom para fazê-lo se passar pelo bispo. Este, de início, ficou com medo, mas, quando lhe ofereceram um mês de salário e garantiram que nada sofreria, não hesitou em aceitar a incumbência. O mais difícil seria treiná-lo para fazer um discurso no auditório da escola. Passou-se um mês até conseguirem fazer com que realmente parecesse um bispo. Daí em diante, tudo foi fácil. Mandaram redigir uma carta para o diretor do colégio dizendo que o bispo iria fazer uma visita à instituição para avaliar o trabalho do clérigo e falar a uma plateia composta de pais e alunos, e também das alunas do outro colégio que a irmandade dirigia. Naquela época, os colégios para moças e rapazes eram normalmente separados. Somente nos cursos preparatórios havia turmas mistas.

O dia tão esperado chegou, e o auditório estava repleto. O garçom entrou devidamente paramentado de bispo, seguido de um auxiliar — um dos empregados de Tonico —, foi apresentado ao diretor e à plateia. Dirigiu-se ao microfone e começou seu discurso, não sem antes rezar um pai-nosso e uma ave-maria. Quando todos se sentaram, começou a falar:

"Meus filhos e minhas filhas desta seleta plateia! É com imensa satisfação em Jesus que ora vos falo. Vim com a missão sagrada de vos orientar, meus caros jovens, no rumo certo que as vossas vidas devem tomar. Todos vocês foram concebidos, criados e educados para executarem suas missões na vida. Os jovens são a esperança do mundo, e este depende da vontade que carregam dentro dos seus corpos para que haja a perpetuação da família."

Uma salva de palmas.

"E do que depende essa perpetuação? Depende do dinheiro? Não! Depende da política? Não! Depende do amor? Não! Depende do desejo?"

Um silêncio sepulcral tomou conta da plateia.

"Sim! Depende do desejo! Quando um rapaz encontra uma moça, o que ele sente? Desejo! Por que este desejo? Eu lhes digo por quê! Porque as moças são como Eva! São macias!"

Começou um alarido na plateia.

"São cheirosas! São gostosas! São deliciosas!"

Os pais começaram a reclamar.

"E o que elas têm de melhor? Aquilo que carregam sob o ventre!"

Um dos pais se levantou em protesto.

"Aquilo que elas têm entre as pernas!"

Um pai tentou subir no palco. Os alunos começaram a gargalhar. O diretor se levantou, pálido.

"Aquilo que tem um cheirinho maravilhoso!"

A algazarra se estabeleceu. O diretor quase desmaiou. O garçom e seu ajudante fugiram correndo, perseguidos por alguns dos pais. O caso permaneceu para sempre nos anais do colégio.

O diretor foi substituído e transferido para uma paróquia distante.

Os três voltavam para casa alegres, ainda rindo das piadas de Tonico. O mundo tinha se modernizado, a pílula anticoncepcional chegado ao mercado. Os preconceitos foram aos poucos sendo esquecidos, e havia liberdade para as pessoas se tornarem independentes. Foi a época em que se sentiram mais felizes.

Já no dia do enterro de Bernadete Alberto pediu a Luiza que ficasse com ele, mandasse pegar o essencial em sua casa e se mudasse de uma vez. Não queria ficar sozinho. Aos poucos, todos os seus pertences poderiam ser trazidos, não via mais qualquer impedimento para que isso ocorresse. Iria reunir todos os filhos e conversar com eles. Contaria somente o essencial, o resto seria explicado por carta após sua morte. Luiza não fez objeção. Era o que queria também. Agora eram só os dois, e precisavam do apoio mútuo para chorar a perda de Bernadete.

Foi a primeira noite em que dormiram juntos na casa. Tinham esperado cinquenta anos por isso. Deitaram-se juntinhos de mãos dadas. Ele se virou para ela e lhe fez uma festinha no rosto. Ela sorriu. Ele se inclinou e a beijou na boca, um beijo longo e sentido. Depois, os dois reclinaram suas cabeças nos travesseiros e fecharam os olhos. Pela primeira vez, realmente em paz, dormiram um sono tranquilo.

No dia seguinte, Alberto convocou Luiza e os filhos, Paulo, Olívia, Fernando, Ana Cristina e Luiz Alberto para uma reunião. Pediu que não perguntassem nada e o deixassem explicar o que queria:

"Chamei todos vocês aqui hoje para lhes contar o que houve de mais importante na minha vida. Todos os pormenores da história estão numa longa carta que será entregue a vocês após a minha morte, para que compreendam o que se passou comigo, Luiza e Bernadete. Não vou explicar tudo hoje, nem pedir que entendam ou aceitem o que aconteceu. A vida é o que é, e nos leva por caminhos que não planejamos, mas somos obrigados a traçar da melhor maneira possível. Quando era rapaz, vivi numa época repleta de preconceitos. A sociedade era rígida, intransigente e cruel. Sofri um revés tão grave que afetou minha vida para sempre. Por orgulho e imaturidade, cometi um erro, e isso afetou minha vida, a de Luiza e a de Bernadete. Gostaria que vocês me vissem com um ser humano qualquer, que teve seus percalços na vida. Viver não é fácil para ninguém. Nasci com uma fortuna incalculável, mas isso não foi bastante para me proteger dos males que acontecem a todos. Algumas atitudes que tomamos na vida geram consequências que podem afetar inúmeras gerações vindouras. Fui obrigado a esconder de vocês um fato que, se não fosse mantido em segredo, afetaria a vida de todos. Não quis que sofressem perseguições ou deboches por parte da sociedade. Hoje em dia, as coisas são diferentes, as pessoas mais tolerantes, nada disso aconteceria. Guardamos esse segredo por tanto tempo que chegamos a esquecer a necessidade de revelá-lo. Eu, Bernadete e Luiza amamos tanto a nossa família que achamos melhor deixar que as coisas tomassem seu rumo natural. Vejo surpresa e ansiedade nos rostos de vocês, meus filhos. Vou contar brevemente o que se passou.

"Conheci Luiza ainda rapaz. Nos apaixonamos e nos amamos muito, durante dois anos. O pai dela armou uma cilada contra nós e praticamente a obrigou a casar com o pai de Paulo. Ele sabe que não é meu filho biológico, mas eu o criei, e, portanto, me sinto como se fosse seu pai. Logo depois desse casamento, conheci Alice e fiquei louco por ela. Acabei me enamorando também da mãe, Bernadete. Após cerca de dois meses e meio, voltei a ver Luiza, que se casara contra sua vontade. Sempre fomos apaixonados um pelo outro. Voltamos a nos ver, mas ela estava grávida de Paulo. Não tínhamos um futuro dentro da nossa sociedade. Casei-me com Bernadete e tivemos Fernando e Ana Cristina. Tive mais dois filhos com Luiza, Olívia e Luiz Alberto. Portanto, são todos meus filhos. Eu, Luiza e Bernadete nos amamos muito. Ninguém sofreu por ciúme ou abandono, a vida simplesmente assim quis. Fomos muito felizes juntos. Não peço que entendam um relacionamento tão estranho. Nós nunca entendemos, apenas deixamos acontecer.

"Luiza, agora, vai ficar definitivamente aqui comigo. Finalmente vamos nos casar. Preciso dela, e ela sente o mesmo a meu respeito. Por favor, não compliquem as coisas. Estamos velhos, precisamos de paz e força para suportarmos a perda de Bernadete."

Tinho e Lu saíram da sala, deixando todos perplexos. Ficaram por alguns instantes se entreolhando, até que Ana Cristina, a mais agitada, quebrou o gelo:

— Gente, somos todos irmãos de verdade! Isso é maravilhoso! Quero abraçar e beijar todos!

— Eu já desconfiava disso há muito tempo — disse Olívia.

— Eu também, tinha certeza! — disse Luiz Alberto.

— Nunca me preocupei com isso. Achava estranho o relacionamento deles, mas não parei para pensar no assunto — disse Fernando.

Começaram a rir ao mesmo tempo, e se abraçaram e se beijaram. Combinaram que quando os velhos estivessem mais tranquilos, dariam uma festa bem grande para comemorar a novidade e oficializar o casamento deles. Foram até o quarto do casal e os abraçaram e beijaram. Saíram num alarido só.

Tinho olhou para Lu e perguntou se ela iria com ele ao parque. Ela sorriu aquele sorriso lindo, e disse que sim.

Cristiano chegou com seu táxi e se surpreendeu ao ver o doutor acompanhado dessa vez. Ficou admirado com a beleza daquela senhora. Luiza ainda era muito bonita e elegante, não havia perdido a postura de princesa. Aos setenta e dois anos, tinha muito poucas rugas. Mantinha o corpo esguio, um olhar lindo e um sorriso inesquecível. Os dois entraram no carro e o motorista rumou para o lugar de sempre. Durante o trajeto, Alberto foi obrigado a pedir que parasse de olhar pelo retrovisor e tomasse cuidado com o caminho.

Pararam na mesma rua de sempre, mas dessa vez o casal entrou junto pelo mesmo portão no meio do muro. Fizeram o caminho favorito de Alberto e se sentaram no mesmo banco. O parque estava lindo naquele dia de outono, as árvores repletas de tonalidades que iam do amarelo ao vermelho. As aves, no lago, faziam seu alarido costumeiro, e as crianças brincavam alegres no parquinho. Ficaram mudos por alguns minutos, sentindo o vento bater-lhes no rosto, ouvindo os variados sons dos pássaros e inalando os odores das flores. Tinho fechou os olhos. Desejou que o tempo voltasse e pudesse novamente sentir as mãozinhas de Alice, ouvir sua voz alegre. Conversaria com ela, riria de suas perguntas, e, no final, esperaria a vinda de Bernadete, com seu andar sensual, aqueles cabelos muito lisos e ruivos flutuando ao vento. Olharia para ele com os olhos muito azuis e lhe daria um sorriso. Ele ouviria a sua voz delicada, suas palavras sempre gentis. Sentiu um aperto na mão de repente e se virou para Luiza, que estava chorando com saudades da amiga. Abraçou-a, e prantearam juntos aquela que haviam amado tanto. Como esquecê-la? Tomara que o tempo desse um jeito naquele vazio que estavam sentindo.

Joaquim, filho do antigo zelador, que substituíra o pai, os olhava de longe. Esperou que se acalmassem e veio até Luiza entregar um ramo de flores colhidas ali mesmo, no jardim. Disse, com simplicidade:

— É para dona Bernadete, nós todos gostávamos muito dela. Depois que a menina Alice se foi, ela nunca mais apareceu, e não pude lhe dizer como senti a falta da menina. Ela era a alegria do parque, eu ficava esperando as duas chegarem. Para mim, eram duas princesas. Quando lembro delas, sinto aqui no coração um aperto muito grande. Peço ao doutor que me desculpe, por ter coragem de dizer essas coisas. Estou ficando velho, não quero mais guardar tudo isso dentro do peito.

Alberto se levantou, deu um abraço no velho amigo e lhe agradeceu muito. Ficaram lá até o pôr do sol. Foi um espetáculo lindo, aquele céu vermelho e o sol tingindo tudo de dourado. Depois voltaram para casa. Como era bom voltar para o lar, agora que estavam juntos de verdade! Ficaram abraçados por todo o trajeto de volta, como dois namorados.

Tinho acordou por volta da três da manhã. Sempre acordava naquela hora, a mesma da morte de Alice. Aquele horário havia ficado como um estigma para ele. Fora a pior de todas as suas perdas. Nem o amor que sentia por Luiza, Bernadete e seus filhos pudera consolá-lo pela perda de sua grande amiga. A vida ceifada daquela maneira, tão prematuramente, deixara nele uma sensação de vazio permanente. Sentia-se gelar quando pensava naquela morte absurda, sem sentido. Por que privar o mundo de uma criatura tão interessante, uma das mais instigantes que havia conhecido? Por que tirar de Lilica a chance de experimentar o amor físico? Nunca sentiria o beijo apaixonado de um rapaz, nem o prazer da entrega total no sexo, a alegria ímpar do desejo satisfeito. Não seria mãe, não passaria pelas angústias e prazeres da maternidade. Imaginava-a já adulta, casada e com filhos. Via o olhar de seu marido, feliz, amoroso, os filhos sorrindo alegres. Quanto desperdício! Por que criar a beleza, preservá-la por uns poucos momentos e depois arrancá-la do nosso convívio cruelmente, sem compaixão? Alice havia sido como um pôr do sol, grandiosa, espetacular, única. Mas efêmera. Nunca mais haveria outra igual. Certamente não havia justiça neste mundo.

Só agora ele tinha ao seu lado a paixão da sua vida, tinha esperado uma vida inteira para poder gozar esses momentos. Não conseguia, nem de longe, imaginar o sofrimento de Luiza. Para que tudo isso, meu Deus? Virou-se na cama e olhou para Lu, que ressonava ao seu lado. Ainda era linda! Ficou observando sua respiração de mulher, o colo se expandindo e se contraindo, como aquilo o excitava! Aquela veiazinha batendo no pescoço, o contorno do rosto, a boca bem feita, o nariz muito certo e simétrico. Percebeu o movimento dos olhos sob as pálpebras fechadas. Estava sonhando! Com que sonharia a sua amada? Seus lábios se abriram ligeiramente num sorriso. Estava alegre! Era um sonho bom. Seria com ele? Talvez não. Ele só tinha lhe trazido sofrimento, melhor seria que nunca o tivesse visto. Sentiu ciúmes!

Como estava linda naquele primeiro encontro! Usava um tailleur com a cintura bem demarcada por um cinto, cinza-claro, debruado de branco, e com bordados na gola da mesma cor. Os cabelos negros muito lisos estavam presos por dois pregadores, deixando que se visse bem o rosto, o pescoço adornado por um colar de pérolas. Vestia meias de seda branca e sapatos altos, com o salto largo e presos por uma fivela na frente, como se usava na época. Tinha esmalte vermelho nas mãos muito claras. Estava simplesmente espetacular. Amou-a naquele instante, completamente.

Seu amor já se iniciou por inteiro, e nunca houve mudança nos seus sentimentos por ela.

Ao olhá-la, assim, deitada ao seu lado, sentia o mesmo amor, com a mesma intensidade de sempre. Como aquilo se processava, ele não sabia. Luiza ocupava, ou melhor, era dona do seu corpo, de sua imaginação, dos seus sentimentos e das suas intenções. Era a razão de ter podido persistir em sua vida. Do contrário, estaria perdido por aí, como tantos milionários colunáveis. Levara uma vida útil por causa dela. Cumprira sua promessa de cuidar dela, e, por causa disso, abriu mão de uma vida só com ela, aceitou seu pedido para que se casasse com Bernadete, amou sua esposa e aceitou sua condição de amante das duas, tudo isso para satisfazer os desejos de Lu. Nunca fizera qualquer objeção aos caprichos dela, padecera de amor e de felicidade ao seu lado. Todas as suas atitudes políticas tinham a ver com ela, eram para homenageá-la. Quis que o mundo fosse melhor para que ela vivesse em um lugar mais justo, e todas as suas ações violentas assim se justificavam. Toda a sua arte era motivada por ela, e criada para ela.

Agora, depois de tantos anos, não conseguia se ver separado dela, era como se os dois fossem um só. Gostava de se imaginar se dissolvendo e penetrando cada recanto do corpo da sua querida, se amalgamando na sua alma. Por isso, sentia ciúmes até dos seus sonhos e pensamentos, porque não sabia se fazia parte deles. Tinha medo de que ela pensasse numa vida sem ele. Quando ficava distante, mergulhada em suas ideias, sentia uma intranquilidade incontrolável. Não podia nem imaginar uma vida sem o seu amor.

Ficou nervoso com aqueles pensamentos e segurou sua mão. Ela se virou para o outro lado. Ele a abraçou por trás e ela se encaixou nele, com um gemido de prazer. Pronto! Estava tudo salvo. Ela ainda gostava dele. O que mais poderia desejar? Adormeceu contente.

***

Foi uma festa o dia da inauguração da estátua de Bernadete. Toda a família se reuniu e rumou para o parque. A maioria não conhecia o local, ficaram todos admirados com a beleza da vegetação e a disposição das alamedas. A estátua foi colocada em uma posição central, no jardim em frente ao lago. Estava coberta, colocada sobre um pedestal de mármore todo trabalhado. Aos poucos, foram chegando os amigos e as várias autoridades locais. Uma banda se colocou lateralmente, aguardando o início da cerimônia. O prefeito fez um discurso em louvor à benemérita e convidou Alberto para descerrar o pano, inaugurando o monumento. Uma placa de bronze louvava as ações da homenageada.

Quando a estátua foi exposta, todos ficaram emocionados, vendo que Bernadete abraçava a menina Alice. O prefeito pediu novamente a palavra, e informou aos presentes que a Câmara Municipal havia aprovado a troca do nome do Parque dos Seis Portões para Parque Bernadete Silveira, e a decisão foi muito aplaudida: a homenagem era mais do que merecida, o nome estava associado a grandes ações sociais no país.

Alberto e Luiza ficaram muito comovidos. Após a cerimônia, levaram os filhos e netos para conhecer seu lugar predileto. Contaram que lá ele havia passado muitas horas, em meditação e relaxamento, antes de tomar decisões importantes, e ali conhecera Alice e Bernadete. Era seu lugar favorito em todo o mundo, lembrou Alberto. Sentou-se com as crianças e brincou um pouco, disse-lhes que apenas naquele dia deixaria que se sentassem em seu banco. Depois voltaria a ser propriedade sua, e somente sua. As crianças riram, e o encheram de beijos.

De volta em casa houve um almoço festivo para celebrar o acontecimento. Vários amigos e associados compareceram, houve música e dança, todos louvaram a memória de Bernadete. Se estivesse viva, teria sido a mais alegre, adorava festas e se divertia até o final, como se fosse criança. Foi o primeiro dia em que Tinho e Lu se sentiram realmente alegres, após a morte de sua querida. Dançaram e riram com os outros e foram dormir tarde, quase de madrugada.

Alberto se deitou. Dentro de sua cabeça, ainda ouvia os ruídos da celebração. Lembrou-se de quando os três viajavam e frequentavam festas nos hotéis e barcos, gostavam realmente de fazer sexo e de ficar juntos. Eram momentos únicos, Luiza e Bernadete muito excitadas, se acariciando na frente dele. Isso o deixava alucinado. Os três se misturavam como se fossem só uma pessoa, e o prazer era inigualável. Lembrou uma música que ouvia muito na época, e foi adormecendo aos poucos...

Ela estava nua na sua frente, aqueles cabelos ruivos escondendo uma parte do rosto. Sorria maldosamente para ele, e, num movimento súbito, jogou os cabelos para trás, mostrando o pescoço. Ele começou a lambê-la, desceu até os seios, chupou aqueles biquinhos rosados. Ela gemeu de prazer. Desceu até seu sexo e a chupou com sofreguidão. Como era gostoso seu sabor! Sentiu alguém lamber seu membro. Era Luiza. Penetrou-a enquanto chupava a outra. Como eram lindas! As duas gemiam, se contorciam de prazer. Gozou profundamente, com os olhos fechados. Quando os abriu, não havia mais ninguém. A cama estava vazia. Correu para o corredor. A casa estava vazia. Abriu a porta da rua e viu a parede do parque, com o portão aberto. Correu para lá. Entrou. Tudo estava deserto. Não havia flores nem árvores, somente uma terra escura, morta. Olhou para trás, os muros haviam sumido. Correu o mais que pôde e viu uma única árvore distante. Chegou até ela com dificuldade. Não tinha folhas, estava morta. A lua iluminava tudo e um frio intenso o envolveu. Ouvia o barulho do vento e mais nada. Sentiu-se completamente só. Subitamente, reparou numa lápide por trás do tronco inerte. Contornou a pedra e leu a inscrição: "Alberto Silveira, 1919-1998, amado irmão". Como assim, amado irmão? E suas esposas, seus filhos, seus netos? Tinha sido sozinho a vida inteira? Ou todos o haviam abandonado? Era isso! Tinham descoberto seus atos e o repudiado! Mas tudo que fizera tinha sido por causa das mulheres e das crianças, era uma guerra, ele havia lutado com todas as suas forças. Então, o mundo não o perdoara, havia pagado o pior preço possível, fora abandonado por seus entes queridos. Sentiu um desespero profundo e começou a chorar.

Acordou soluçando muito, com Luiza ao seu lado tentando consolá-lo. Custou a se acalmar. Ela repetia que era só um sonho, mas ele a olhou com tristeza e disse que precisava lhe contar umas coisas. Lu perguntou se ele queria conversar naquele momento. Tinho respondeu que podia ser outra hora, mas precisava que ela o ouvisse e o perdoasse. Havia feito coisas horríveis no passado, não conseguia mais carregar essa culpa. Tinha que desabafar.

Ela o acalmou com carícias, e o ninou até que dormisse. Desconfiava de muitas coisas, mas nunca quisera tocar no assunto. Custou a pegar no sono, mas acabou se rendendo ao cansaço.

Acordaram tarde no dia seguinte. Ele saiu rapidamente da cama e foi para o banheiro se lavar. Estava nervoso. Tinha que conversar com Luiza, e não sabia como ela iria encarar suas revelações. Lu tinha participado indiretamente, mas ignorava os detalhes por detrás dos panos. Ninguém sabia do grupo de extermínio, e muitos membros já tinham morrido. Alberto destruíra todos os documentos. Além disso tudo, nunca contara para Lu o que tinha feito com o pai dela e com Fabiana. Guardara tudo para si, sofrera a vida inteira sozinho. Sabia que muito do que fizera tinha sido por causa dela, mas havia também seu próprio desejo de vingança, por ter sido ludibriado e ter perdido a chance de uma vida normal. Desconfiava de que Tonico tinha adivinhado algo, mas nunca dividira com o amigo as suas tristezas. Sabia que ele, provavelmente, o apoiaria, mas não queria que a alegria que sentiam quando estavam juntos fosse maculada pela memória daqueles fatos. Agora os fantasmas haviam voltado, precisava dividir com alguém as suas culpas.

Disse para Lu que a esperaria na varanda para tomarem café juntos. Ela percebeu seu desconforto e demorou um pouco mais que o usual, para deixá-lo mais à vontade. Chegou sorrindo e lhe deu um beijo gostoso no rosto. Sentou-se à sua frente e ficou olhando para ele, esperando que se manifestasse.

Alberto pigarreou. Perguntou se poderiam conversar ali mesmo ou se preferiria ir a outro lugar, o parque, talvez. Ela disse que gostava daquela varanda, e se o que ele tinha para lhe dizer era muito sério, seria melhor que estivessem em casa.

— Você tem alguma notícia de Fabiana? — perguntou.

— Não, nunca mais soube dela. Alguém me falou muito

tempo atrás que ela tinha partido para o Brasil com a família — disse Lu, tentando soar desinteressada.

— Ah, Luiza, há muita coisa que carreguei comigo durante toda a vida, e não posso mais guardar só para mim. Se você não me quiser mais depois de ouvir o que tenho para te contar, entenderei. Vou morrer de saudade se você for embora, mas tenho que me abrir. Sempre tentei ser gentil e justo com as pessoas. Consegui a maior parte do tempo, mas houve um período da nossa vida em que precisei ser cruel, e fiz o que tive que fazer para tornar o mundo melhor, banquei um pouco Deus, foi isso. A perda da minha menininha querida me secou o coração. Tornei-me um incrédulo, mas, ao mesmo tempo, tive necessidade de ajudar crianças e mulheres. Fiz tudo por vocês. Vocês três foram meus grandes amores.

— Eu sei disso tudo, meu amor — ela disse.

— Fabiana está realmente no Brasil, casou-se com um brasileiro e tem dois filhos. Sei disso porque o meu serviço de inteligência seguiu seus passos. Quanto às encrencas que ela deve ter arrumado por lá, só imagino. Seus pais já faleceram — completou ele.

— Fico satisfeita que algo de pior não tenha acontecido com ela, depois do que enfrentou aqui — disse Lu.

— Fui eu que fiz aquilo com ela. Precisava afastá-la daqui de qualquer maneira. Sei que foi uma coisa horrível, mas não tive saída. Contratei o Alexandre para conquistá-la, o resto você sabe. Levei o plano até o final por sua causa.

Lu ficou muito séria por alguns minutos, depois disse:

— Eu já imaginava, mas tenho que confessar que a certeza me choca um pouco. Fico com pena dela, mas entendo os seus motivos. Se for um consolo, saiba que nunca a perdoei.

— Tem mais, Lu. Planejei também o que aconteceu com a firma do seu pai. Nunca poderia imaginar que ele fosse morrer por causa disso. Queria apenas tomar a firma dele para poder controlar o Claudio.

Luiza ficou quieta. Depois chorou um pouquinho, e disse:

— Meus pais me fizeram muito infeliz. Eram interesseiros e egoístas. Eu já sabia que só poderia ter sido você, quem mais teria poder para isso? Não sofri com a morte do meu pai. Foi um alívio para mim. Não se culpe por isso. Ele viveu e morreu por causa daquela maldita firma. Era seu único interesse. O que ele fez comigo foi horrível!

— Que bom que você me entendeu, Lu. Mas ainda tem mais, coisas piores que tive que fazer para combater a maldade que existia por aqui.

Contou-lhe tudo o que tinha acontecido com os cardeais e a quadrilha de aliciadores de menores, e concluiu:

— Se você vai ficar comigo, preciso que me aceite com os meus defeitos.

Ela ficou em silêncio por um tempo, que pareceu uma eternidade. Depois disse:

— Nunca imaginei que tivesse coragem para tanto. Você sempre foi a pessoa mais gentil que conheci.

— Precisava proteger aquelas crianças, a justiça não estava fazendo nada contra aqueles bandidos. Se eu não fizesse o que fiz, nunca teria me perdoado. Sentirei muito se você achar que sou um monstro. Perderei seu respeito e seu amor. Mas fiz o que tinha que fazer e carrego essa culpa. Se meu castigo é perdê-la, entenderei. Fui o homem mais feliz do mundo, porque te amei e fui amado em troca. Tudo que é meu, é seu. Se quiser ir embora, terá metade de tudo. Assim, cumpro a promessa de tantos anos atrás. Prometi protegê-la e o farei até o fim.

— Só estou interessada em você, meu amor. Sempre fui sua, e serei sua até morrer. Amei o meu Tinho com todas as for-ças. Temos ainda um tempo pela frente, e é a única coisa que me importa. O que você fez ficou no passado, não sofra mais por causa disso. Não consigo achar que seja um monstro. Admiro sua coragem de fazer o que fez. Sei que foi por amor, e imagino a sua dificuldade. Olho para você, e continuo a ver somente bondade e gentileza. Quero ficar ao seu lado para sempre, é tudo o que eu sempre quis.

Alberto deu um suspiro de alívio, sentiu-se leve como há muito não se sentia. Sorriu, disse que ela era linda. Era a sua lin-dinha!

Conversaram sobre o casamento e as providências que deveriam ser tomadas. Alberto lhe contou sobre os seus negócios. Precisava que ela soubesse de tudo. Luiza confessou ter ficado espantada com o tamanho da sua fortuna, nunca havia imaginado que fosse tão rico. Ele falou também sobre os arranjos legais após sua morte. Todos deveriam receber uma parte justa da herança, mas era preciso que alguns negócios permanecessem estáveis, muita gente dependia deles. Tudo já estava no papel e à sua disposição, para que se inteirasse dos procedimentos. Marcariam uma reunião o mais breve possível.

Ela disse que gostaria que os filhos assumissem os negócios, estava velha, não queria se preocupar com essas coisas. Deveriam aproveitar o tempo que lhes restava para ficarem juntos.

Decidiram se casar num sábado, com uma cerimônia para a família e os amigos mais chegados. Era o suficiente. Os filhos prepararam um almoço requintado no jardim atrás da casa. Houve muitos discursos, brincadeiras e depois muita dança ao som de uma orquestra. Os festejos duraram até a noitinha. Lu e Tinho ficaram na casa e se prepararam para a viagem no dia seguinte. Estavam radiantes. Tinham esperado por isso a vida inteira. Agora, ela passaria a se chamar Luiza Silveira. Estava tão honrada que não conseguia esconder sua alegria. Estavam casados, seria sua primeira noite de "amor legalizado". Amaram-se muito, lembrando os velhos tempos. Tinho sentiu-se como se ainda fosse jovem.

Partiram no dia seguinte. Luiza não tinha ideia de para onde iriam, Alberto queria lhe fazer uma surpresa. Tomaram o jato particular e, após cerca de sete horas de voo, o piloto anunciou que estavam chegando às Ilhas Virgens. Lu ficou contente, sempre quisera ir para lá. Saltaram em Saint Thomas e foram recebidos com a música local, drinques e os tradicionais colares de flores. A ilha era belíssima, cercada por um mar de um azul inacreditável, com muitos restaurantes e música típica do Caribe — salsas, merengues, rumbas, calipsos. Ficaram três dias, depois rumaram para a Califórnia. Foram direto para São Francisco, conheceram a adorável cidade e visitaram Monterey e Carmel, cidades costeiras de uma beleza inacreditável, uma natureza belíssima com a montanha chegando até o mar. A praia de Carmel tem uma areia branca como a neve, e lá cresce uma flor roxa que forma um tapete cujo contraste com o mar muito azul é algo inimaginável.

Alberto estava tão feliz que conseguiu por algum tempo esquecer suas limitações. Como dois namorados, ele e Lu se esqueceram da vida, um sonho mais do que merecido. Haviam lutado tanto, suportado tantas agruras sem deixarem de se amar nem um momento. Há sempre um tempo para o amor, uma recompensa pela persistência. Estavam mais juntos do que nunca.

Voltaram para casa renovados, esperançosos, dispostos a ajudar os filhos e netos como fosse possível. Patrícia, filha de Fernando, estava grávida de uma menina. Iriam ter uma bisneta, Isabel. No dia do parto, Alberto estava muito nervoso, fazia tempo que Luiza não o via assim, parecia o rapaz que lhe entregara um bilhete na escola. As mãos estavam suadas, andava de um lado para o outro como se fosse o pai da criança.

Uma enfermeira veio anunciar o nascimento, tudo havia corrido bem. A menina nascera ruivinha, de olhos azuis, como Bernadete e Alice. Tinho chorou de emoção e abraçou Lu com força.

Isabel foi inspiração para muitas canções. Foi crescendo muito parecida com Bernadete, tinha aqueles cabelos ruivos muito lisos e olhos de um azul profundo, que demonstravam alegria e bondade. Dava beijos irresistíveis, era fácil se apaixonar por ela. Seu bisavô Tinho estava completamente cativado. Parecia ter renascido, quase não sentia mais dor. Estava se movimentando bem e dispensava ajuda. Dizia para todos que Luiza e Isabel haviam lhe trazido a vida de volta, e em sua cabeça se imaginava de novo com Bernadete e Luiza.

Quando Isabel começou a falar, Alberto e Luiza criaram o hábito de levá-la ao parque. Sentavam-se no mesmo banco, olhando a menina brincar com as outras crianças. Parecia que o tempo não havia passado. Voltavam também com frequência à beira do rio, àquele outro banco perto do salgueiro onde haviam consolidado o seu amor. Num desses passeios, Alberto perguntou a Lu:

— O que você sentiu quando me viu pela primeira vez?

— Não sei explicar muito bem, foi algo diferente, que nunca tinha experimentado. Meu coração bateu muito forte, havia uma atração irresistível, uma alegria, e ao mesmo tempo uma ansiedade, um desejo de tê-lo junto de mim, de sentir o seu corpo. Tive a impressão de que já o conhecia, e a certeza de que seria meu para o resto da vida. Foi muito difícil fingir que não estava ligando. Minha vontade era correr e te abraçar, te beijar.

— Quando você sorriu para mim pela primeira vez, percebi que estava perdido. Não consegui mais tirá-la da cabeça. Achava tudo lindo em você. Escrevi aquele bilhete sem conseguir pensar muito claramente. Quando recebi sua resposta, minha vida mudou. Foi como se tudo que eu esperava de bom acontecesse a partir dali. Apaixonei-me de vez, e isso nunca mudou, ainda sinto o mesmo dentro de mim. Guardei o seu bilhete por todos esses anos!

— Eu também guardei o seu! Junto com aquela foto que você me deu — ela disse. — Eu quis ser sua logo depois do nosso primeiro beijo! Só pensava nisso, até conseguir me entregar totalmente a você, naquela segunda visita à casa do seu tio. Não me arrependo de nada. O tempo que passávamos juntos era como um sonho para mim. Ter sido mãe dos seus filhos foi maravilhoso! Até hoje, quando olho para você, sinto a mesma emoção, o coração bate mais forte, vem uma alegria imensa. Não posso imaginar uma felicidade maior do que essa. Gosto de dormir contigo, sentir sua respiração, seu calor.

— Pois eu sinto um orgulho imenso de você! Gosto de cada pedacinho do seu corpo, fico às vezes te admirando enquanto você está dormindo. Lembro, então, tudo de bom que passamos juntos. Não posso imaginar outra mulher tão maravilhosa, você é única, e soube me amar como ninguém.

Tinho quis levar Isabel ao parque nas cercanias, do qual Alice gostava tanto.

— Foi aqui que você conquistou Bernadete? — perguntou Lu.

— Acho que sim. Você sente ciúmes?

— No começo, senti bastante, mas estava casada, o que

poderia fazer? Depois, quando conheci bem a Bernadete, só sentia amor por ela. Vocês transaram naquela época?

— Ah, não, eu só poderia fazer isso com a sua permissão. Mesmo estando casada, eu sabia que me amava, não queria te trair. Só me deitei com ela quando nos casamos. Confesso que, no começo, ficava com um sentimento de culpa... amava você, mas me sentia muito excitado com ela... Como estávamos casados, fui me acostumando. Quando você passou a dormir com a gente, esse sentimento desapareceu. Ela gostava muito de você, se sentia bastante atraída. Pedia-me sempre para chamá-la para a nossa cama... Você também gostava assim do sexo com ela?

— Sempre fui louca por você, mas depois de um tempo, comecei a misturar você a ela... Era uma loucura. Gostava dela, independente do sexo. Éramos muito amigas, sinto muito a falta dela, foi a única verdadeira amiga que tive. Acho a amizade uma coisa tão rara, tive muita sorte de conhecer Bernadete.

— Eu só tive um amigo, o Tonico. Sempre pude contar com ele. É um privilégio conviver a vida inteira com uma pessoa assim. Uma daquelas cartas póstumas que escrevi é para ele, explicando tudo o que se passou com a gente, acho que no fundo ele já sabe, mas quero que saiba por meu intermédio.

— Levamos uma vida muito louca, não é, Tinho?

— Levamos! Mas não consigo imaginar uma melhor. Se aquilo tudo não tivesse acontecido, nunca teríamos conhecido Alice e Bernadete... a quem amamos tanto, tenho certeza de que melhoramos como seres humanos através desse amor.

— Gostei muito de me misturar assim com a sua família, Tinho, de termos nos tornado uma coisa só. Até nossos filhos se sentem assim, mesmo o Paulo é tratado como irmão. Você foi muito bom para ele. E agora sou a avó de todos, e até bisavó.

— Você sabe que legalizei tudo isso. Dona Luiza Silveira é a matriarca da família de Alberto Silveira — ele disse, rindo. — Isso me deixa muito feliz. Estou tranquilo. Pela primeira vez desde aquela fatídica festa na sua casa, me sinto completamente em paz. Espero ainda viver alguns anos para ficarmos juntinhos, vermos Isabel crescer e, quem sabe, ter a alegria de mais alguns bisnetos...

O parque estava esplêndido naquele dia. O sol dourava as folhas e o vento acariciava a sua pele. Do banco podiam ver as crianças brincando, entre elas Isabel. Estava crescida, com quase cinco anos, era muito alegre e falante. Lembrava muito Alice, Tinho imaginava que a filha lhe mandara a bisneta de presente, era o seu consolo, o seu prêmio, após tanto sofrimento. Ele e Lu tinham a sensação de um "*déjà vu*", o tempo voltava quando estavam com ela.

Era perguntadeira, sua curiosidade não tinha fim. Amava com paixão seu bisavô, o bivô, a quem abraçava e cobria de beijos. Gostava também de brincar com os seus cabelos e fazer cafuné no velhinho, ria muito das bobagens que ele lhe dizia. Sentava ao seu lado e ouvia, com atenção, todas as histórias que Tinho contava. Guardava-as de memória, e, quando ele mudava qualquer detalhe, o corrigia, dizia que ele estava mentindo. Ele, então, a abraçava bem apertado, e ela falava "Ai, vô! Você está me espremendo", e caía na gargalhada.

Quando se cansava dos coleguinhas, vinha sentar-se no meio deles e as perguntas começavam:

— Bivô, por que a gente fica velho?

— Todo mundo fica velho, Bebel. Os homens nascem, vivem, ficam velhos e morrem. É a lei do Universo.

— O que é Universo, vô?

— É o conjunto de tudo que existe, os planetas, as estrelas e as galáxias.

— O que é galáxia?

— Um conjunto de estrelas e outras coisas mais.

— Quer dizer que a gente vive numa galáxia? — franzia o rostinho quando perguntava.

— Nossa galáxia se chama Via Láctea. Não é bonito o nome?

— Lindo, vô! E o Universo vai fazer você morrer? Não quero — ela disse, meio triste.

— Não vou morrer agora, vou esperar você crescer primeiro — ele disse com um sorriso, apertando o narizinho dela.

— Então, eu não quero crescer!

— Todo mundo tem que crescer, Bebel.

— Bivó, diz pra ele que eu não quero crescer, não quero ver vocês morrerem.

— Você vai estar crescida, vai entender tudo e não vai se incomodar, pois vai ter sua própria família, você vai ver. Mas esquece isso agora. temos ainda muitos anos pela frente — concluiu Lu.

— Não quero casar, quero ficar com vocês pra sempre!

— Está bom! Então ficaremos juntos para sempre — disse Lu.

A menina os abraçou, recostou a cabeça no ombro do bisavô. Ficou balançando as perninhas, botou a mãozinha sobre a mão deles e ficou fazendo carinho. Era sempre muito gostoso estar com Isabel.

Naquele dia, quando chegou em casa, a menina não tinha outro assunto. Estava preocupada. Durante o almoço, falou sobre os planetas, estrelas e galáxias, mas acabou falando na morte das pessoas que ficavam velhas, disse que aquilo não era bom, que o universo era muito mau, porque levava as pessoas embora e ela não queria que isso acontecesse. Ficou amuada por um longo tempo.

Tinho estava preocupado também. Como explicar para uma garotinha que as pessoas têm que partir, se nós mesmos não conseguimos lidar muito bem com essas coisas, perguntou para Lu. Nunca conseguira se livrar do vazio que Alice e Bernadete haviam deixado. Sabia que era importante falar essas coisas para Bebel, mas mesmo assim se sentia culpado.

— Pode deixar, Tinho, vou ligar para o Fernando e explico a ele o que aconteceu — disse Lu.

Os pais disseram que a menina ficara amolada, mas já estava melhor. Eles não haviam se incomodado. As crianças tinham que aprender, e quem melhor que o bisavô para falar disso? Isabel era louca pelos bisavós. Todos torciam para que vivessem muito, porque eram muito amados, gostariam que vissem Isabel crescer.

Os anos que se seguiram foram muito bons para a família Silveira. Outros bisnetos nasceram, houve casamentos e muitas festas. Tinho e Lu estavam sempre cercados de muito amor e alegria. O sacrifício tinha valido a pena. O amor de Alberto e Luiza havia se multiplicado e gerado muita felicidade.

Chegou o dia da festa de doze anos de Isabel, e Alberto quis que a festa fosse inesquecível. Ele e Luiza se desdobrariam para que tudo fosse da melhor qualidade. Queriam toda a família presente, mesmo os que estavam no exterior. Contrataram uma orquestra para que Isabel e os coleguinhas dançassem bastante.

Os dois velhinhos ficaram acordados até o final, quando Bebel veio lhes agradecer por todo o amor que demonstravam por ela. Tinha se tornado uma mocinha linda.

Tinho e Lu se recolheram com a alma lavada. Tudo havia transcorrido da melhor maneira possível, estavam felizes. Dormiram pesadamente, e em paz.

Alberto estava no parque, e o dia mais lindo do que nunca. Havia um brilho intenso na folhagem, e a brisa era a mais fresca que já havia experimentado. Estava com uma disposição sem igual. Era jovem. Olhou ao seu redor e viu Bernadete caminhando em sua direção. Estava de mãos dadas com Alice e as duas sorriam muito. O andar dela era extremamente sensual. Os cabelos ruivos balançando ao vento lhe davam arrepios. Ela se aproximou e o beijou apaixonadamente, pôde sentir sua língua, seu gosto. Como aquilo era bom! Alice sentou-se ao seu lado e colocou sua mãozinha sobre a dele, lhe fazendo carinho com os dedinhos. Sentiu-se tão feliz! Uma luz brilhante os envolveu, e ele foi invadido por uma enorme paz, como se nada mais importasse.

Acordou com os ruídos normais da casa. Luiza já havia se levantado. Era tarde, quase onze da manhã. Sentiu algo que não sentia há muito tempo, aquela sensação de que alguma coisa iria acontecer. Nunca mais havia sonhado com Alice, sabia que era um aviso. Pegou o telefone e ligou para Luiz Alberto, pediu-lhe que viesse vê-lo ainda naquele dia, sem falta. Depois, ligou para Tonico e o convidou para almoçar. Queria ver o amigo mais uma vez. Sentou-se à sua mesa de trabalho e escreveu uma carta. Não conseguiu conter as lágrimas, chorou por um tempo. Iria sentir saudades.

Já refeito, desceu para falar com as pessoas e dar um longo beijo no seu amor. Ela sorriu, disse que ele estava muito romântico, devia ser o efeito da festa do dia anterior. Ele olhou-a profundamente e assentiu com a cabeça.

Luiz Alberto chegou preocupado, antes do almoço. Foram conversar na biblioteca. Alberto lhe deu a carta e pediu que a entregasse à sua mãe no dia do concerto, que deveria acontecer cerca de um mês após sua morte. Disse ainda que chamasse todos os filhos para um jantar naquele mesmo dia. Estava com saudades. Luiz perguntou se ele estava se sentindo mal. Alberto o abraçou e falou que não se preocupasse, mas não deixasse de comparecer.

Disse à governanta para servir o almoço na varanda. Depois pediu, em segredo, que preparasse um jantar para todos os filhos, era uma surpresa para Luiza. Foi avisar à mulher que Tonico viria almoçar. Ligou para Bebel e pediu que não marcasse nada para aquela tarde, queria que fosse ao parque com ele e Luiza, era muito importante que estivessem juntos naquele dia. Isabel perguntou se havia acontecido alguma coisa, mas ele só disse que estava com saudades.

Tiveram um almoço muito agradável. Os dois amigos se recordaram dos velhos tempos e de suas estripulias. Luiza riu muito. Ao se despedirem, Tonico notou que Alberto estava diferente, o abraçou longamente, disse que fora um privilégio tê-lo como companheiro de uma vida inteira. Quando saiu, ainda se virou, e o olhou demoradamente.

Tinho chamou Lu para irem ao parque com Bebel. Ela estranhou o pedido, mas concordou. Ficou preocupada. Chegaram ao parque e entraram pelo mesmo portão, sentaram-se no banco e ficaram admirando a paisagem. Tinho abraçou Bebel, disse que aquele era o seu lugar favorito no mundo, sempre estaria por ali. A menina o beijou com afeto e o entendeu. Os três se abraçaram. Ficaram muito quietos, aproveitando toda aquela beleza. O carro os levou de volta, parando na casa de Fernando. Alberto abraçou longamente a bisneta. Disse-lhe disse, com carinho, que tivesse juízo e cuidado na vida, e ficou longo tempo olhando a menina que lhe acenava.

Luiza então ficou realmente preocupada, e perguntou o que estava acontecendo. Ele respondeu que estava se sentindo muito velho naquele dia, e que não sabia quanto tempo ainda tinha pela frente. Ela o abraçou e o beijou longamente.

À noite, todos os filhos apareceram com suas esposas e maridos, uma surpresa para Luiza, que conseguiu disfarçar sua preocupação com o seu querido. Foi um jantar animado, com muitos casos e muito riso. Na hora da despedida, Alberto abraçou cada um longamente e ficou à porta, acenando para eles.

Luiza tornou a pedir que ele lhe contasse o que estava acontecendo. Ele, que nunca mentira para ela, contou o sonho com Bernadete e Alice. Ela o abraçou e chorou um pouquinho, disse que não queria que ele ficasse assim, que nem poderia pensar em perdê-lo. Ele sorriu, disse que queria levá-la para a cama. Deitaram-se e se amaram, trocaram juras de amor e adormeceram relaxados.

Alberto olhou para a parede em frente à cama e viu Alice sorrindo para ele. Estava uma mocinha, como nos seus quinze anos. Chamou-o de papaizinho querido e lhe estendeu os braços...

Ele apertou aflito a mão de Luiza. Ela acordou, perguntou o que se passava. Ele balbuciou:

— Alice... Alice... ali na frente... ali...

Alberto Silveira foi enterrado com honras de Chefe de Estado. Era um dos homens mais importantes do país. Foi pranteado no Senado Federal, milhares de pessoas fizeram fila para vê-lo. Ao seu lado estava toda a família, e o seu grande amor, Luiza Silveira. Todos se admiraram com a imponência e beleza daquela senhora, já tão idosa. Houve salva de tiros à passagem do cortejo fúnebre, e a banda marcial tocava um de seus prelúdios orquestrais. Foi decretado luto oficial por três dias.

Luiza retornou à sua casa cercada de seus filhos, netos e bisnetos. Tudo lhe pareceu tão vazio... A mobília era diferente daquela antiga, de quando estivera lá pela primeira vez. Quis ficar um pouco sozinha na biblioteca, único lugar que permanecera intocado. Lembrou-se do seu Tinho, tão jovem, tão cheio de esperança. Como era lindo! Tinham sido tão felizes! Chorou muito a sua perda. Sabia que não poderia viver sem ele, somente sobreviveria a ele. Nunca mais seria a mesma.

Armando entregou as cartas, como prometera ao chefe e amigo. Os filhos leram juntos, choraram muito pelas desventuras de seus pais. Tonico também leu a sua e se encheu de orgulho do seu amigo.

Cerca de um mês após a morte de Alberto, Luiza compareceu ao concerto em homenagem ao grande músico que tinha sido seu marido. Na segunda parte, Luiz Alberto se aproximou da plateia e informou que as seis peças seguintes eram o que de melhor que seu pai havia criado, dedicadas ao grande amor de sua vida, Luiza Silveira. Houve muitos aplausos, e a homenageada foi obrigada a se levantar e agradecer. No fim da apresentação, após muita vibração do público, Luiza recebeu um buquê de flores com uma carta dentro. Era a letra de Alberto. Ficou muito emocionada, e esperou chegar em casa para lê-la em seu quarto.

Deitou-se e abriu a carta.

Lu, minha lindinha

Não estarei mais aqui quando você estiver lendo essas linhas. Tudo de mais belo que eu conheci na vida veio de você. Sempre fui seu, completamente e inexoravelmente seu. Se tivesse vivido somente este dia em que lhe escrevo, já teria valido a pena. Vivi, entretanto, uma vida inteira com você. Fui inteiramente feliz enquanto estivemos juntos. Eu a admirei tanto! Meu amor foi maior do que o possível, ultrapassou todas as barreiras, os preconceitos e os percalços da vida. Nós dois juntos vencemos o mundo! Devo todas as minhas conquistas a você, e ao seu amor por mim. Desejei-a como nenhum homem desejou uma mulher. E a senti tão minha como se fôssemos um só. Carrego dentro do meu peito o seu sorriso e o seu olhar. Foram o alimento da minha alma.

Meu amor, eternamente,
Tinho

EPÍLOGO

Luiza foi encontrada no dia seguinte, deitada em sua cama, com as duas mãos junto ao peito segurando a carta de Alberto. Estava plácida, com um leve sorriso.

Foi sepultada junto de Alberto, Bernadete e Alice. Durante um mês, não se falou de outra coisa. Há dois bustos, um dela e um de Alberto, no Fórum da cidade.

A família Silveira continua a ser a mais proeminente do país. Sou filho de Luiz Alberto, neto de Alberto e Luiza. Durante o mês em que minha avó ficou viva após a morte do meu avô, conversei muito com ela sobre a vida deles. Gostava muito dos dois, e sentirei uma falta imensa deles.

Eu e Isabel resolvemos fazer um inventário das coisas dos meus avós antes que vários objetos fossem transferidos para o museu da Fundação. Entre os seus pertences descobrimos uma caixa de madeira muito bem trabalhada, com entalhes em marfim. Lá dentro havia dois bilhetes, já muito amarelados pelo tempo, os bilhetes que Alberto e Luiza haviam trocado no colégio. Ficamos muito emocionados, e Bebel chorou muito. Havia um conjunto variado de fotos de muitos familiares, meus bisavós Carlos e Teresa, o Tio Jorge, a Tia Ana Maria, entre outros mais. Havia também várias fotos de Alice e de Bernadete, muito lindas, e algumas fotos dos três, Alberto, Luiza e Bernadete.

No fundo da caixa, encontramos um envelope muito antigo, e nele várias fotos tiradas dentro da casa do meu avô, ainda com os móveis de época. Uma o mostrava muito bonito e sorridente. Em várias outras estava junto com Luiza, ainda tão jovens, quase adolescentes, em uma delas se beijavam na boca. Havia uma, entretanto, muito especial. Luiza olhava para o seu amado através da lente daquela câmera, e sorria aquele sorriso inesquecível... e olhava com aqueles olhos muito negros... Ah! Aquele olhar... um olhar com todo o amor do mundo!

Esta obra foi composta em Adobe Garamond 12/14.
Impressa com miolo em offset 75g e capa em cartão 250g, por
Createspace/ Amazon.